講談社文庫

新・平成好色一代男　元部下のＯＬ

睦月影郎

講談社

目次

新・平成好色一代男　元部下のＯＬ
水泳美女の淫蜜　七
元部下のＯＬ　三一
ジョギング美女　五五
旅先の美人妻　七九
町の独身女医　一〇三

人気パティシエの甘美　七
娘の担任教師　五一
若妻を試食　七五
理容店の美女　一九八
部下の美人妻　二三三

新・平成好色一代男　元部下のOL

水泳美女の淫蜜

「足の裏・側面《そくめん》攻《こう》」を試す

《女を愛撫する際、足の側面や裏側も、決して忘れてはならぬ処《ところ》なり。先《ま》ず、内側の側面に舌をゆっくり這《は》わせるべし。普段は人に触《ふ》れられない処ゆえ、優《やさ》しく舐《ねぶ》れば、その効果は絶大なり。其《そ》の時、踵《かかと》と親指の付け根の間を、舌で往復しながら、同時に外側の側面にも指を這わせ、さらに足裏の土踏まずに舌先を進めれば、女は羞恥《しゅうち》と歓喜が綯《な》い交《ま》ぜになり、体を震わせて悦《よろこ》ぶこと必定《ひつじょう》なり》

――『性愛之術《せいあいのじゅつ》』（明治初期）より

「あの、今日が初めてなのですが、基礎レッスンはありますでしょうか」

水着に着替えてプールサイドに来た陽介《ようすけ》は、そこにいたインストラクターの女性に訊《き》いた。

「ええ、十五分後にはじめますので、準備運動をしていてくださいね」

彼女は時計を見て言い、陽介も頷《うなず》いて、身体を動かしはじめた。

金曜の夜、彼は会社が利用契約しているスポーツジムのプールに来ていたのだった。

日頃から、メタボ防止で軽いストレッチはしていたが、たまにはまとまった運動もしようと思い、ここを利用することにしたのである。

もう遅い時間なので、プールで泳いでいる人は疎《まば》らだった。

(それにしても、美人だな……)

陽介は水に浸《つ》かり、ウォーキングをして身体を慣らしながら彼女を見た。

確か入り口の予定表に、今日のインストラクターとして石沢淳子《いしざわじゅんこ》の名があったから、それが彼女なのだろう。

二十代後半か、長身で抜群のプロポーションをし、スイミングキャップを被《かぶ》っているので髪型は分からないが、鼻筋が通って、胸も腰も艶《なま》めかしいラインを描いている。

やがて淳子がこちらに来て、水に入ってきた。

「では始めましょうね。クロールをやりますけど、その前にビート板でバタ足をしてください」

彼女が言ってビート板を差し出してきた。

どうやら、受講するのは陽介一人だけのようだ。

一対一のレッスンが受けられることに喜びながら、陽介は額に上げていたゴーグルを目に当て、ビート板を受け取った。

とにかく水に顔を浸けて身体を水面に真っ直ぐに伸ばし、水を蹴って何とか進みはじめた。

しかし、どうにも進みが遅く、息継ぎで顔を上げるたび全身のバランスが崩れた。

「膝《ひざ》を曲げずに、太腿《ふともも》を動かしてキックするイメージでやってみてください。では、ゆっくりで良いので往復してください」

淳子がアドバイスしてくれ、陽介も言われたとおり脚を伸ばして水を蹴って進んだ。そして何とか向こうまで辿《たど》り着き、ターンして戻ってきた。

淳子のところまで帰ってくると、次はビート板なしのクロールで往復をさせられることになった。

陽介は壁を蹴り、両手両足を動かして懸命に進んだ。美女に見られていると思うと緊張し、何度となくぎこちない息継ぎをしながらもターンした。

手足の動きはバラバラだろうが、それでも何とか足を着くこともなく、ゆっくりではあるが淳子の待っている場所に近づいていった。

しかし水中に、淳子の脚を認めると、急に胸が高鳴ってきた。

スラリとした長い脚が、水の中に幻想的に浮かび上がっていた。水中もライトアップされているので、ナマ足の艶めかしさと、水着の股間の僅《わず》かな膨《ふく》らみ、食い込みらしきものにまで目を凝《こ》らしてしまい、彼は激しく勃《ぼっ》起《き》してきてしまった。

そして動揺と興奮が全身に伝わって急にバランスを崩し、思わず息継ぎに失敗して水を飲んでしまい、激しくもがいた。

「まあ、大丈夫ですか……」

淳子の声が聞こえ、近づいた彼女が陽介を抱き上げて助けてくれた。

陽介も必死にしがみついたものだから、二人は正面から抱き合うような形になり、思わず勃起した股間が彼女の肌に密着してしまった。

「あ……!」

淳子が声を洩《も》らし、ほんのり甘い吐息が水面を漂《ただよ》って彼の鼻腔《びこう》を刺激してきた。

「うわ……、す、済みません……」

陽介が謝りながら体勢を立て直そうとすると、今度は何と淳子までバランスを崩してしまったのである。

いきなり淳子が顔をしかめて呻いたので、陽介は驚いて訊いた。

「ど、どうしました……」

「う……！」

「あ、脚が攣《つ》ってしまいました……」

淳子が言い、痛そうにプールの端まで移動した。

ふいに陽介の股間が当たったりしたものだから、よほど変に脚をよじったのだろう。

「と、とにかく上がりましょう。僕のせいです。済みません……」

陽介は淳子に手を貸しながら、何とか階段を使ってプールから上がった。周りを見ると、すでに他の利用客は一人も居なかった。

「あの、お詫びになるかどうか……、脚が攣ったときのツボのマッサージをしましょう。少しばかり知識がありますので。腓脛《ふくらはぎ》の承山《しょうざん》というツボです」

陽介は言った。実際はうろ覚え程度だが、脚のマッサージには何通りかの心得があった。

「そうですか……。では、お願いしようかしら……」

少したメらった淳子も、よほど脚が痛むのか、やがてそう答えた。

二人はバスタオルを持って身体を拭《ふ》きながら、彼女に案内されてプールサイドのスタッフルームへと入った。

そこも二人のほかは無人で、陽介は淳子とパイプ椅子に座って向かい合った。

「では、どうぞ、脚をこちらへ」

陽介が言うと、淳子は右足を浮かせて彼の方へ差し出してきた。濡れた水着姿で、肩からバスタオルを掛けているだけなので、ナマ脚を覆《おお》うものはなく、ニョッキリと健康的に伸ばされた。

さすがにムッチリした太腿は張りがあって逞《たくま》しく、脹脛も滑《なめ》らかでしなやかな感じがした。

陽介は興奮を抑えながら、両手で包み込むように脛《すね》を支えた。

本当はうつ伏せの方が脹脛には触れやすいのだが、今は椅子に座っているので、親指ではなく人差し指と中指の腹で脹脛に触れていった。

踵から脹脛にかけて撫《な》で上げていくと、筋肉の膨らみがあり、その麓《ふもと》が承山のツボである。

陽介は美人の脚の滑らかな感触と弾力を味わいながら、ツボを刺激した。

「ああ……、何だか、痛みが治まっていきます……」

淳子が、ほんのりと頰《ほほ》や耳朶《じだ》を紅潮させて答えた。

「そうですか。良かった……」

陽介も言いながらツボを探り、胸を高鳴らせた。何しろ全裸に近い格好で、美女のむき出しの脚に触れているのだ。

しかし黙っているのも気まずいので、彼はツボを押しながら話題を探した。

「僕はどうにも、子供の頃からクロールは苦手でして……」

「そうですか。実は私も平泳ぎの方が得意なんです」

陽介が言うと、淳子は答え、次第に治っていくように肌の張りも取れ、リラックスしてきたようだった。

続けて彼は訊いた。

「水泳は、いつごろからですか？」

「中学生の時に」

「そうですか。きっかけは？」

「憧れの先輩が水泳部にいたから……」

淳子が言う。ずっと水に浸かっていたのに、そのときほんのりと甘い匂いが漂ってきたのは、やはり彼女もそれなりの淫気《いんき》を覚え始めたからだろうか。何しろ彼女も、陽介の勃起した股間に触れたのだから、何となく察していることだろう。

「立ち入ったことですが、その先輩とは？」

「いえ、一年ほどでフラれてしまいました。何だか遊ばれたみたいで……」

淳子が少し悲しげに言い、また沈黙が流れるかと思ったら、彼女が続けた。

「どうにも男運が悪くて、フラれてばっかりなんです。男運を良くするツボとか、無いものでしょうか」

淳子が笑みを含んで言い、陽介も必死に頭を巡らせた。

「ええ……、足の裏にあるようですよ。少し試してみましょうか」

陽介は答えながら、『性愛之術』に書いてある「足の裏・側面攻《そくめんこう》」という技を思い出していたのだった。

《女を愛撫する際、足の側面や裏側も、決して忘れてはならぬ処《ところ》なり》

陽介は、記述を思い出しながら、淳子の足首から足裏へと指を這わせていった。

淳子も、すっかり陽介に身を任せ、素直に脚を差し出してじっとしていた。

《先《ま》ず、内側の側面に舌をゆっくり這《は》わせるべし。普段は人に触《ふ》れられない処ゆえ、優《やさ》しく舐《ねぶ》れば、その効果は絶大なり》

もちろんいきなり舌は使えないから、陽介は淳子の足裏の内側の方へと指を這わせていった。

《其《そ》の時、踵《かかと》と親指の付け根の間を、舌で往復しながら、同時に外側の側面にも指を這わせ、さらに足裏の土踏まずに舌先を進めれば、女は羞恥《しゅうち》と歓喜が綯《な》い交《ま》ぜになり、体を震わせて悦《よろこ》ぶこと必定《ひつじょう》なり》

陽介は書いてあった通りに、指先で踵から親指の付け根を何度か往復して愛撫し、外側の側面、さらに土踏まずにも指を這い回らせていった。

「アア……、くすぐったくて、何だかいい気持ち……」

淳子が、実際熱く息を弾ませはじめながら言った。

それに、むき出しの脚を差し出しているだけで妖《あや》しい気分になるのだろう。

女性は通常、脱ぐときに羞恥を覚えるが、淳子は最初から水着で脚もむき出しだったから、今になって激しい羞恥が湧き上がってきたようだった。

「でも、どうして足の裏と男運が関係あるのでしょう……」

「そ、それは多分……、足の裏には全身のツボが集中しているので、ここが鈍感だと人としての魅力に欠け、敏感になれば内面から美しくなるというようなことではないかと思うのですが……」

陽介は、適当なことを言いながら、足裏のツボを刺激し続けた。

「なるほど、そうですか……、あう……」

また彼女は感じたらしく、くすぐったそうに腰をよじって呻《うめ》いた。

「じゃあ、今、私が少し感じているというのは、徐々に男運が良くなっているということかしら……」

「ええ、そうだと思いますよ。きっとこれから良いことがいっぱいありますよ」

陽介は言いながら、次第に淳子の心身から力が抜けていくのを感じた。

確かに、普段念入りに愛撫されたりはしない場所だから、新鮮な感覚があるのだろう。

しかも、妙齢の女性が男に素足を差し出し、足裏を見られて触れられているというのも、相当に興奮する状況なのだった。

「では、念のためそちらの脚も」

陽介が言うと、淳子も素直に脚を入れ替え、左足を伸ばしてきた。

足裏の内側と外側、踵から親指の付け根、土踏まずまで触れていくと、どうやら僅かの間にも汗ばんで、指の股は生ぬるく湿り気を帯びはじめていた。

陽介は念入りに指でツボを圧迫し、足裏全体に順々に触れていった。

「アア……」

思わず淳子の口から熱い喘《あえ》ぎが洩れ、ビクリと脚が反応した。

こちらは攣っていない脚だから、最初から身構えるような硬さが無く、素直に快感を覚えているようだった。

陽介も最初は、足裏への愛撫など効くのだろうかと半信半疑だったのだが、やはり『性愛之術』の記述は、いつものことながら効果覿面《てきめん》だったのだ。

彼もマッサージにかこつけて、美女の足裏を刺激し続け、汗ばんだ感触や指の蠢《うごめ》きに勃起が治まらなかった。

淳子は懸命に喘ぎを抑え、声にならぬ声を発しながら小刻みに身を震わせるようになっていた。

ここまで淫気が高まれば、もう大丈夫だろうと、陽介は思いきって言ってみた。

「あの、ほかにも多くのツボがあるのですが、ここでは無理ですので……。よろしかったらほかの場所へ……」

「私ももう、上がれますので……」

淳子が頰を紅潮させて言った。

「では、出ましょうか」

陽介はすっかりその気になって言い、ひとまず彼女の脚から手を離した。淳子も脚を引っ込めて立ち上がった。

「では、のちほど……」

着替えを終えて外で落ち合うことを約し、二人はそれぞれの更衣室へ向かったのだった。

「乱《みだ》れ突《つき》上《あげ》の技」を使う

《男が仰向《あおむ》けになり、その腰の上に女が跨《また が》る態《たい》で対面交接《たいめんこうせつ》をする場合、男の立てた膝《ひざ》に、女が背をもたせかけ、上体《じょうたい》を反《そ》らせるようにすると、玉茎《たまぐき》の入る角度が変わりて、新たな刺激を女に与えることになるなり。男は腰を小刻みに突き上げ、更《さら》に、立てた膝の角度を時おり変えると、その度《たび》に玉茎の角度が変わるなり。女陰《じょいん》の上壁《うわかべ》にある秘所を擦《こす》りやすい態ゆえ、女が喜悦《きえつ》の声を上げること間違いなし》
――『性愛之術《せいあいのじゅつ》』（明治初期）より

「では、どうしましょう。新宿へでも……」

スポーツクラブの外で淳子と落ち合った陽介は、タクシーを探しながら言った。

水着でなく、清楚な服装の淳子もなかなかに魅力的だった。それにスイミングキャップを脱ぐと、実に艶《つや》やかな黒髪が肩に掛かり、それも新鮮な印象だった。

「ええ、でも私、ラブホテルみたいなところは、あまり好きではないので……」

淳子がモジモジと言った。着替えても、まだ淫気は持続していることに陽介は安心し、また妖しい期待に胸が高鳴ってきた。

「では、僕の家でいかがでしょう」

言うと、淳子は無言で小さく頷いた。

陽介はタクシーを拾い、一緒に乗り込んでマンションへ向かった。着くまで彼女は黙っていたが、後悔や迷いはなさそうな様子で、むしろ彼以上に期待に胸を弾ませているようだった。

マンションに到着し、部屋に入ると、すぐに彼女が身を寄せてきたので、陽介も熱烈に唇《くちびる》を重ねた。

互いに高まった淫気をぶつけ合うような感じで、もう言葉など要らなかった。

「ンン……」

淳子は熱く鼻を鳴らし、差し入れた陽介の舌に強く吸い付いてきた。柔らかな感触が心地良く、ほんのり甘い息の匂いも悩ましく彼の鼻腔を刺激してきた。

陽介は美女の甘い唾液と吐息を心ゆくまで貪《むさぼ》り、舌の付け根を舐《な》め回しながら、指でそっと髪を掻き分け、耳朶の付け根を微妙に愛撫した。

「アアッ……」

淳子が感じたように声を洩らし、唇を離したので、陽介も彼女を誘ってベッドの方へと移動した。

服を脱ぎはじめると、彼女もすぐに自分でブラウスとスカートを脱ぎ去ってゆき、たちまち互いに一糸《いっし》まとわぬ姿になった。

さっき水着姿を見て身体のラインは知っていたが、やはり全裸となるとまた違うものだ。さすがに均整の取れた肢体が健康的に息づき、薄桃色の乳首が可憐《かれん》で、股間の茂みも淡かった。

陽介は、じっくり隅々まで観察したい気持ちを抑えながら彼女を仰向けにさせた。のしかかるようにして、甘い匂いの髪に顔を埋めた後、首筋に唇を押し当て、耳朶をそっと舐め、首筋をたどって鎖骨に移動しながら、指では乳房の麓を重点的に探った。

「ああ……」

淳子はすぐに熱く喘ぎ、溜《た》まっていた欲求が一気に解放されるようにクネクネと身《み》悶《もだ》えはじめた。

胸に舌を這わせ、ようやく指と舌でツンと突き立った乳首を愛撫し、滑らかな肌を堪能した。

ただ、長くプールに浸かっていたので、体臭は残念なほど淡く、ほんのりした彼女本来のフェロモンが胸の谷間や腋《わき》から甘く漂うだけだった。

やがて両の乳首を充分に舌で転がし、張りのある膨らみを顔中で堪能すると、彼は淳子をうつ伏せにさせた。

そして肩から背中、腰へと舌を這わせていった。白い肌は実にスベスベと滑らかで、鍛えられた逞しさの中にも女らしい丸みと弾力が感じられた。

さらに舌先で尻の丸みをたどり、むっちりとした太腿から脚を舐め下りていった。

膝の裏側のヒカガミを舐め、脹脛を這い下り、アキレス腱から踵まで達すると、彼は脚を膝下から持ち上げ、足裏、指、そして爪先にもしゃぶり付いて、順々に指の股にも舌を割り込ませていった。

「く……！」

淳子が顔を伏せたまま呻き、ビクリと肌を震わせて反応した。

陽介はもう片方の足も念入りに愛撫し、全ての指の股を舐め、桜色の爪を噛《か》んだ。

淳子も相当に感じているようで、しかもこのような部分まで愛撫されたことがないらしく、新鮮な感覚に身悶えた。

やがて再び彼女を仰向けにさせ、片方の脚を潜《くぐ》り抜けて股間に顔を迫らせていった。

「ああ……、恥ずかしい……」

陽介が淳子の両膝を全開にさせると、やはり男運が悪いと言っていただけあり、彼女にとって相当に久しぶりの行為のようで、激しい羞恥が湧いたように声を洩らした。

しかし、さすがに身体は柔軟で、内腿も実に引き締まっていた。

恥毛《らもう》は、水着ばかり着るので普段から自分でカットしているらしく、丘にほんのひとつまみほど楚々《そそ》と煙《けぶ》っているだけだった。

だから、なおさら割れ目が丸見えになり、はみ出す花びらも艶めかしかった。

そっと指を当てて左右に開くと、思わず指先がヌルッと滑《すべ》るほど、すでに割れ目は大量の愛液に潤っていた。

膣口《ちつこう》が細かな襞《ひだ》を入り組ませて息づき、真珠色の光沢を放つクリトリスも包皮を押し上げるようにツンと突き立っていた。

陽介は、艶めかしい眺めに堪《たま》らず顔を埋め込み、柔らかな茂みに鼻をこすりつけ、舌を這わせていった。

恥毛に籠《こ》もる匂いは淡く、ほのかに甘い汗の匂いが感じられるだけだ。舌を濡らす大量のヌメリは淡い酸味を含み、クリトリスを舐め上げるたび、

「ああーッ……！」

淳子は顔をのけぞらせて喘ぎ、引き締まった内腿でギュッときつく彼の顔を締め付けてきた。

陽介はその腰を抱え込みながら執拗《しつよう》に舌を這わせ、溢《あふ》れる生ぬるい愛液をすすった。

「も、もう駄目……！」

早くも絶頂を迫らせた淳子が、声を震わせて哀願した。

やはり、ここで早々と果てるよりも一つになって一緒に昇り詰めたいのだろう。

陽介も、充分に高まらせたところで舌を引っ込め、股間から這い出して添い寝した。

そして彼女の顔を股間へとそっと押しやると、すぐに淳子は自分から熱い息を籠もらせ、その先端にしゃぶり付いてきてくれた。

「ああ……」

今度は、陽介が受け身になって喘ぐ番だった。

淳子は先端を舐め回し、尿道口から滲《にじ》む粘液をすすり、張りつめた亀頭《きとう》をスッポリと呑《の》み込んできた。

股間を突き上げると、屹立《きつりつ》したペニスは根元まで深々と美女の口腔に納まり、生温かな唾液にまみれてヒクヒクと歓喜に震えた。

「ク……、ンン……」

淳子は喉《のど》の奥まで含んで頬張り、クチュクチュと舌をからみつけながら熱く呻き、上気した頬をすぼめて吸った。熱い鼻息が恥毛をそよがせ、たちまち彼も絶頂を迫らせて高まった。

そこで彼は、『性愛之術』に書かれていた、「乱《みだ》れ突上《つきあげ》の技」を試してみようと思い、淳子の口を離させ、そのまま腕を引っ張って女上位で跨《また》がらせていった。

「わ、私が上から……？」

淳子は羞《は》じらいに息を震わせながら言い、彼がペニスを突き上げると、意を決して先端を濡れた割れ目で受け止め、息を詰めてゆっくりと腰を沈み込ませてきた。

たちまち彼自身が、ヌルヌルッと滑らかな肉襞の摩擦を受けて根元まで潜《もぐ》り込むと、

「アアーッ……！」

淳子が顔をのけぞらせて喘ぎ、完全に座り込んで股間を密着させてきた。

陽介は、締まりの良さと温もりに包まれ、絶頂を堪《こら》えて奥歯を噛みしめながら、性典の記述を思い出した。

《男が仰向《あおむ》けになり、その腰の上に女が跨《また》がる態《たい》で対面交接《たいめんこうせつ》をする場合、男の立てた膝《ひざ》に、女が背をもたせかけ、上体《じょうたい》を反《そ》らせるようにすると、玉茎《たまぐき》の入る角度が変わりて、新たな刺激を女に与えることになるなり》

陽介は、その通りに両膝を立て、その膝に淳子の身体を押しやるようにした。

すると彼女も膝に寄りかかり、身を反らせ気味にさせながら、キュッキュッと彼自身をきつく締め付けてきた。

熱く溢れる愛液が、彼の股間までビショビショに濡らし、尻の方に伝い流れるほど大洪水になってきた。


「アア……、いい気持ち……、こんなに感じるの、初めて……」

淳子が、真下から貫かれながら喘ぎ、形良い乳房を揺らして悶えた。

陽介も、締め付けと襞の蠢きに絶頂を堪えながら記述を頭の中で復唱した。

《男は腰を小刻みに突き上げ、更《さら》に、立てた膝の角度を時おり変えると、その度《たび》に玉茎《ぎょく》の角度が変わるなり。女陰《じょいん》の上壁《うわかべ》にある秘所を擦《こす》りやすい態ゆえ、女が喜悦《きえつ》の声を上げること間違いなし》

そして陽介は膝の角度を微妙に変えながら、ズンズンと小刻みに股間を突き動かしはじめた。

確かに、内壁を擦る場所が変化し、そのたびに淳子に新鮮な快感がもたらされるようだった。

「あぁッ……！　いい……」

淳子は息も絶えだえになって、彼の突き上げに合わせて腰を動かしはじめた。

溢れる愛液に律動がヌラヌラと滑らかになり、卑猥《ひわい》に湿った摩擦音もピチャクチャと響きはじめた。

陽介は洩らしてしまいそうになると動きを弱め、一息ついてから、また激しく股間を突き上げた。

淳子も上体を反らせ、腰を上下させ、時には股間をこすりつけるように動かしてきた。

柔らかな恥毛がこすれ合ってペニスが揉みくちゃにされ、下腹部にはコリコリする恥骨の膨らみまで感じられた。

やがて、いよいよ二人とも絶頂が近づくと、もう淳子は上体を起こしていられなくなったように、がっくりと覆い被さって彼に身を重ねてきた。

それを陽介は抱き留め、なおも股間を突き上げ続けた。

すぐ目の前に、美しく喘ぐ唇があり、陽介は熱く湿り気ある甘い息を顔中に受け止めて動きを速めた。

すると、とうとう淳子の方が先に降参してしまった。

「い、いく……、アアーッ……！」

声を上ずらせて喘ぎ、ガクンガクンと狂おしい痙攣《けいれん》を開始した。同時に膣内の収縮も最高潮になり、続けて陽介も昇り詰めてしまった。

「く……！」

突き上がる大きな絶頂の快感に呻き、彼は股間をぶつけるように強く動かしながら、ありったけの熱いザーメンをドクドクと勢いよくほとばしらせた。

「あう……、熱いわ……」

噴出を感じ取り、淳子は駄目押しの快感を得たように口走って、呑み込むような収縮を続けた。

陽介は溶けてしまいそうな快感に身悶え、彼女の顔を抱き寄せて下から唇を重ね、ネットリと舌をからめながら最後の一滴まで絞り尽くした。

やがて、すっかり満足した陽介が徐々に動きを弱めていくと、

「アア……」

淳子も全身の強《こわ》ばりを解いてゆき、満足げに吐息混じりの声を洩らした。

そして彼女は力尽きたようにグッタリと身を重ね、汗ばんだ肌を密着させて体重を預けてきたが、まだ膣内の収縮は、貪欲《どんよく》に続いていた。

その蠢きに刺激され、何度も柔肉《やわにく》の奥で、ペニスがピクンと過敏に反応して跳ね上がった。

「あん……、まだ暴れている……」

淳子が言い、応えるようにキュッときつく締め上げてきた。

陽介は淳子の重みと温もりに包まれ、甘く湿り気のある美女の吐息を間近に嗅《か》ぎながら、うっとりと快感の余韻《よいん》を噛み締めたのだった。

「私、上になったの初めてです……。こんなにいいなんて……」

淳子が、彼の耳元で熱い呼吸を繰り返しながら言った。そして全身は、思い出したようにビクッと震えていた。

どうやら、今まで出会ったのは、上からのしかかって勝手に終えるだけの、自分本位に欲望を解消する男ばかりだったのだろう。

「誰でも、うんと感じるように出来ているのだから、互いに合う方法を工夫しないといけないですよ。これから、きっと男運も向いてくるでしょう」

「ええ……」

陽介が言うと、淳子は小さく頷き、入ったままの彼自身を、またギュッときつく締め付けてきたのだった……。

元部下のOL

「乳首の円描攻《えんびようこう》」を試す

《女の乳首を愛撫するなら、先《ま》ず、乳房を丁寧に撫《な》で舐《ねぶ》り、女の淫気《いんき》を高めてから行うべし。自《おの》ずと勃《た》ち上がってきた乳首に、男は掌《てのひら》を微《かす》かに触れさせ、掌をゆっくり円を描くように動かすべし。併《あわ》せて、もう片方の乳首の先端に舌を柔《やわ》らかく当て、舌先で、極《ご》く小さな円をゆっくり描くように舌を動かすべし。強めの愛撫は、後《あと》で行えば良し。先ずは女の淫気を充分に高めることを心掛けるべし》

――『性愛之術《せいあいのじゅつ》』（明治初期）より

「やあ、お久しぶり、野上《のがみ》さん。お元気でしたか」

陽介が福岡本社の、かつていたオフィスに顔を出すと、元上司や同僚、部下たちがにこやかに迎えてくれた。

「ええ、おかげさまで元気にやっています」

陽介も笑顔で答え、皆の顔を懐かしげに見回した。

今回は、本社で重要な会議があるため、早朝の飛行機で半年ぶりに帰ってきていたのだった。

会議は午後からなので、外で昼食を終え、こうして直接社へ来たのである。

「東京に戻るのはいつだ」

「明後日の朝に福岡を発つ」

「じゃあ明日の夜にでも飲もう。今夜は、どうせ、野上は家族サービスをするんだろうからな」

同期の男が言ってくれ、陽介も頷いた。確かに今夜、久々に妻や娘に会うのが楽しみでもあった。

それにしても、単身赴任をするまで籍を置いていた部署というのは懐かしいものだ。やはり福岡はいい、と彼は思った。

そして陽介は東京土産《みやげ》の菓子を配り、皆と少し話をしてから、やがて会議室へと出向いていった。

しかし、会議は議題がたくさんあり、思いのほか長引いた。ようやく終わったのは、七時を過ぎた頃だった。

そのまま帰宅しようと思ったが、念のためもう一度オフィスを覗くと、もうほとんどの者は帰ったらしく、OLが一人残っているだけだった。

「おや、残業かい？」

陽介は、社内でも美人と評判のかつての部下、進藤明日香《しんどうあすか》に声をかけた。彼女は大卒で入社して三年目、もう二十五歳になっているだろう。

青い制服の肩に掛かるセミロングの黒髪に、黒く大きな瞳。ぷっくりした唇と、頬に浮かぶ可憐な笑窪《えくぼ》。美人というより可愛らしいタイプだが、その胸や腰の丸みは充分な熟《う》れ具合だった。

「ええ、今日中に終えておきたい仕事があったものですから。でも、今ちょうど終えたところです。野上さんも、会議がずいぶん長引いたんですね」

明日香が言い、パソコンにデータを記録して、書類の片付けをはじめた。

「ああ、すっかり疲れてしまったよ」

陽介は明日香の隣の椅子に座り、久々に会った彼女の横顔に見惚《みと》れた。

「野上さん、単身赴任なんて大変ですね。お食事も、自分で作るんですか？」

「うん、すっかり自炊にも慣れたけれど、やっぱり食べ物はこっちの方が美味《おい》しいね」

「お一人だと寂しいでしょうし、色々誘惑があるんじゃないですか？」

明日香は、片付けをしながら気さくに言った。

「いや、僕はそういうのは苦手だから……」

陽介は答えた。

実際は、東京でもう十人もの女性と関係したなどと言ったら、明日香はどんな顔をするだろう。

しかし、彼は見た目が優しく真面目そうなので、明日香も信じてくれたようだ。

「でも、東京は綺麗《きれい》な女性が多いでしょう？」

「いや、確かに多いけれど、やはり福岡の方が僕の好みの女性は多いよ」

言うと、明日香は少し黙って片付けを続け、また口を開いた。

「でも、苦手とか好みではないとか言っても、半年も奥さんと離れていて綺麗な人に誘惑されたら、そういうことは言っていられなくなるんじゃないですか？」

急に、明日香が真剣な眼差しで言い、また少し沈黙が流れた。

何と答えようか迷っていると、また明日香の方から言ってきた。

「私、寂しい気持ち、よく分かるんです。実は半年前に恋人と別れてしまって……」

「え？　そうなの？」

陽介は意外に思い、こんな気だての良い美女と別れるなんて、バカな男だと思った。

「それで、仕事に専念して気を紛らそうとしているのですけれど、どうにも寂しさが消えません……」

明日香が言う。どうやら彼女は、自分が寂しいことをつい訴えたくて、陽介にそうした話を振ってきたようだった。


「きっと、すぐにまた良い男が見つかるよ。君は綺麗だから」

「でも、私、別れた彼のことがなかなか忘れられないんです……」

「それは困ったね……、うん、そういう時は、普段なら思いもしないような大胆なことをしてみるといいよ」

「たとえば、どんなことですか……」

明日香が言い、訴えかけるような黒目勝ちの眼差しを投げかけてきたので、陽介は思わず彼女の手を握ってしまった。変に思われたら、慰めるつもりだったと言い訳しようと思ったのだ。

しかし何と明日香は、陽介の手を強く握り返してきた。しかも大胆にも、いきなり顔を寄せてきたのである。

「ウ……！」

陽介は驚き、小さく呻きながら近々と迫った明日香の顔を見た。

そして思い切って、唇を重ねていった。

柔らかな感触の唇がぴったりと密着し、熱く湿り気のある美女の吐息が、ほんのりと甘酸っぱい芳香《ほうこう》を含んで、彼の鼻腔を刺激してきた。

どうやら明日香は寂しいばかりでなく、相当に欲求も溜まり、優しい上司だった陽介と二人きりになった途端、急激に淫気を高まらせてしまったようだ。

陽介も明日香を抱きすくめ、そろそろと舌を差し入れていった。

すると明日香は、すぐに歯を開いて侵入を受け入れ、ネットリと舌をからみつかせてきた。

陽介は、生温かな唾液に濡れ、滑らかに蠢く舌を味わいながら、その裏側や付け根を舐め、彼女の舌が入ってくると優しく吸い付いた。

「ンン……」

明日香も熱く鼻を鳴らし、次第に夢中になって唇を押しつけ、舌を貪りはじめた。陽介は激しく勃起し、もう後戻りできないほど高まってきた。そして明日香も同じ気持ちらしく、すっかり燃え上がっているようなのだ。

やがて唇を離すと、明日香がさらなる行為を求めるように熱っぽい眼差しを向けてきた。

しかし、ここではいつ誰が入ってくるかも分からない。

「お、奥の会議室へ行こうか。ここではどうにも……」

「それなら、資料室の方がいいです……。あそこはドアをロックできるから。急いで鍵を取ってきますね」

陽介の言葉に明日香が答え、頬を上気《じょうき》させながらすぐに席を立ってオフィスを出て行った。

資料室は同じフロアの一番端にあるが、確かにこの時間なら、もう資料室の人間も帰っているだろう。

いくらも待たないうちに、明日香は警備室から鍵を借りて戻ってきた。

一緒に資料室に行き、灯《つ》りを点けてドアを内側からロックすると、明日香は部屋の奥にあるソファに向かい、身を寄せてきた。

陽介は彼女を抱き留めながら、ひょっとして明日香は、以前にも誰かとこの場所で、秘め事を楽しんだのではないかと思ってしまった。

彼は明日香の甘い匂いの髪に顔を埋め込み、そっと耳朶を吸い、首筋を舐め下りていった。

「ああ……」

明日香が熱く喘ぎ、息を弾ませてきた。陽介は巧みに舌を這わせながら彼女の上着を脱がせ、ブラウスの上から胸の膨らみにタッチしていった。

さらにボタンを外してゆき、左右に開くと、生ぬるく甘ったるいフェロモンが艶めかしく揺らめいてきた。

陽介はとうとうブラウスまで脱がせ、首筋から鎖骨まで舐め下り、乳房の麓まで移動していった。

そしてブラのホックを外そうとすると、明日香が途中から自分で外してくれた。実に形良く柔らかな膨らみが、弾むように露《あらわ》になった。

乳首も乳輪も、何とも清らかな薄桃色で、今まで内に籠もっていた淡い体臭が解放され、甘く上品に立ち昇った。

陽介は膨らみを優しく揉み上げ、舌で麓を愛撫したが、例によって焦《じ》らすようになかなか乳首へは行かなかった。

そこで彼は、『性愛之術』に書いてある「乳首の円描攻《えんびようこう》」を試そうと思い立ったのだった。

「ああ……、野上さん……」

いつしか明日香は力が抜けたように陽介の方にもたれかかり、彼も抱き留めながら胸への愛撫に専念した。

《女の乳首を愛撫するなら、先《ま》ず、乳房を丁寧に撫《な》で舐《ねぶ》り、女の淫気《いんき》を高めてから行うべし》

陽介が、乳首に触れそうで触れない愛撫を繰り返すと、明日香もクネクネと身悶えはじめた。

《自《おの》ずと勃《た》ち上がってきた乳首に、男は掌《てのひら》を微《かす》かに触れさせ、掌をゆっくり円を描くように動かすべし》

陽介は、ようやく明日香の乳首に触れ、押し当てた掌を、円を描くように動かしはじめた。

何とも柔らかで艶めかしい感触が伝わり、コリコリする乳首が陽介の掌を心地良く刺激してきた。

《併《あわ》せて、もう片方の乳首の先端に舌を柔《やわ》らかく当て、舌先で、極《ご》く小さな円をゆっくり描くように舌を動かすべし》

陽介は顔を寄せ、そっと舌で乳首に触れながら、チロチロと小さな円を描くように愛撫した。

「アアッ……、き、気持ちいい……！」

明日香がビクッと顔をのけぞらせ、少しもじっとしていられないように激しく身悶えはじめた。

陽介も、美人の乳首の感触と舌触り、かぐわしい吐息と体臭の渦の中で激しく勃起していった。

「も、もっと強く……」

明日香がしがみつき、彼の顔を強く膨らみに押しつけてきた。

「むぐ……」

陽介は心地良い窒息感に呻き、隙間から懸命に呼吸しながらも、まだソフトな愛撫を続けた。

何しろ、記述にはこうあったのだ。

《強めの愛撫は、後《あと》で行えば良し。先ずは女の淫気を充分に高めることを心掛けるべし》

陽介は充分に舌で乳首を転がし、もう片方にも吸い付いた。

時に陽介は乳首から口を離し、指と掌の愛撫を続行しながら、明日香の腋の下にも顔を埋め込んでいった。

一日中働いていた美女の腋はジットリと生温かな汗に湿り、甘ったるく濃い芳香を籠もらせていた。

舌を這わせるとスベスベした感触と、淡い汗の味が感じられた。

「あん、ダメ、くすぐったい……」

明日香が身をよじって喘いだが、さらに呼吸が弾み、淫気も最高潮になってきたようだった。

陽介は美女の体臭を心ゆくまで嗅いでから、再び舌を乳首に戻し、円を描きながら舌を蠢かせ、さっきよりは強めに吸い付いていった。

「アアッ……、こ、こんなに感じるの、初めてです……」

明日香が顔をのけぞらせて口走った。

別れた彼氏も、おそらく若いのだろうから、細やかで丁寧な愛撫などしなかったのかもしれない。

しかし明日香も今までの経験で充分に感じる下地は出来ているから、陽介のテクニックですっかり高まってきたようだ。

彼は左右の乳首を交互に舐め回し、掌での愛撫も休みなく続けた。

たまに硬く突き立った乳首をそっと歯で挟み、舌先で小刻みに弾くように蠢かすと、明日香の悩ましい身悶えはさらに激しくなっていった。

「の、野上さん……、お願い……」

明日香が、息を震わせながら身体を押しつけてきた。

どうやら、乳房への愛撫はそろそろ良いから、肝心な部分に触れてほしいような仕草だった。

おそらく、もう下着の中は淫蜜《いんみつ》が大量に溢れているのだろう。陽介も今までの経験から、その濡れ具合まで分かるようだった。

やがて彼は、乳首を舐め回しながら、そろそろとスカートの中に手を差し入れていった。

「座《すわ》り揺《よう》籃《らん》の技」を使う

《男が仰向《あおむ》けになり、その腰の上に女が跨《また》るような態《たい》で対面交接《たいめんこうせつ》した後《あと》は、男はそのまま上体《じょうたい》を起こして、脚は胡座《あぐら》をかくようにするべし。更《さら》に、両《りょう》の手で女の尻を摑《つか》んで前後にゆったり揺り動かし、時折《ときおり》左右の動きを交《まじ》えながら、その動きに合わせて男も腰を律動《りつどう》させれば、心地よき揺れに女は陶然《とうぜん》となるなり。併《あわ》せて、女の唇、耳、首筋、肩などに舌を這《は》わせるべし。これも優《やさ》しく、ゆったり行うべし》

――『性愛之術《せいあいのじゅつ》』（明治初期）より

「わあ、すごく濡れているよ」

陽介は明日香の下着の中に指を差し入れ、ワレメを探りながら言った。

「アア……、ダメ、言わないで、恥ずかしいわ……」

明日香は熱く息を弾ませて言い、激しく腰をくねらせた。

柔らかな恥毛を掻《か》き分け、ワレメに沿って指を這わせていくと、そこは熱くヌルヌルしていた。社内の資料室のソファでこれを行っていることが、明日香の淫気をより高まらせているのだろう。

陽介がスカートをめくり、下着に手を掛けると、彼女もソファに横になり、されるままになった。

陽介は手早く引き脱がせ、明日香の下半身を丸出しにしてしまった。そして股を開かせ、白くむっちりとした内腿に舌を這わせて、股間に迫っていった。

柔らかな恥毛がふんわりと茂り、下の方は大量の蜜に濡れて筆の穂先のようにまとまり、ワレメからはみ出した花びらも興奮に色づいて、ネットリと潤っていた。

指で陰唇《いんしん》を開くと、

「ああッ……！」

明日香がビクッと顔をのけぞらせて喘ぎ、熱気と湿り気を揺らめかせた。

中も愛液でヌルヌルになり、膣口の入り組む襞が可憐に息づいていた。

包皮を押し上げるようにツンと勃起したクリトリスも真珠色の光沢を放ち、実に艶めかしかった。

陽介は我慢できず、明日香の股間にギュッと顔を埋め込んで茂みに鼻をこすりつけ、甘ったるい汗の匂いを嗅ぎ、ほんのり混じる可愛い残尿臭に刺激されながら舌を這わせていった。

トロリとした淡い酸味のヌメリをすすり、膣口からクリトリスまで舐め上げていくと、彼女の内腿がきつく陽介の顔を締め付けてきた。

「ああン……、気持ちいい……」

明日香は身を反らせて激しく喘ぎながらも、やはり社内だし、ロックされているとはいえ誰がドアの外を通るか分からないので、懸命に声を抑えていた。

陽介は腰を抱え込み、美人ＯＬの味と匂いを貪りながら懸命に舌を這わせ、クリトリスに吸い付いた。

そして彼も舐めながら手早くベルトを外して下着ごとズボンを脱ぎ去り、屹立したペニスを露出させていった。

かつて、陽介がこのオフィスにいた頃は、まさか社内で淫《みだ》らな行為に耽ることがあるとは想像もしなかったが、僅かな東京生活の間に、すっかり変わってしまったことを思った。

逆に今まで、多くの快楽のチャンスを見逃してきたのだという感慨も湧いた。

「ああッ……、もうダメ……」

充分に高まった明日杏が言い、彼の顔を股間から突き放して身を起こしてきた。そして今度は攻勢に出ようと、陽介の股間に顔を迫らせてきたのだ。

彼も受け身になって股間を突き出すと、明日香はためらいなく先端にしゃぶり付き、熱い息で恥毛をくすぐりながら貪るように舌をからませてきた。

「アア……」

陽介は快感に喘ぎ、美女の口の中で清らかな唾液にまみれた幹をヒクヒクと上下に震わせた。

明日香は喉の奥まで深々と呑み込み、上気した頬をすぼめて吸い付き、執拗に舌を蠢かせた。

セミロングの髪が内腿をくすぐり、熱い息が内部に籠もった。陽介はたちまち高まり、いよいよ危うくなる前に彼女の口を引き離させた。

互いに充分高まったので、彼は明日香をソファに横たえ、開かせた両膝の間に身を割り込ませていった。

唾液に濡れた先端をワレメにこすりつけ、蜜の溢れる膣口に押し当ててヌルヌルッと滑らかに挿入した。

「アアーッ……！」

明日香が身を弓なりに反らせて喘ぎ、陽介も心地良い肉襞の摩擦と締め付けに包まれながら股間を密着させ、やがてゆっくりと身を重ねていった。

「ああ……、すごいわ……」

明日香が下から両手でしがみつきながら喘ぎ、陽介を見上げて囁《ささや》いた。

彼も股間を押しつけて感触と温もりを味わい、次第に小刻みに腰を突き動かしていった。

しかし、ここで早々と果ててしまうのは、あまりに勿体《もったい》なかった。

本当は、社内であるし、早く家で待っている妻子にも会いたいのだが、だからといって性急に終えてしまうには、明日香はあまりに良い女なのである。

やがて陽介は身を起こし、下にいる明日香を横向きにさせ、内腿に跨り、上の脚に両手でしがみついた。

股間が交差し、密着感が高まった。そこで彼は内部を掻き回すように律動した。

「ああッ……！　感じる、すごいわ……」

明日香も快感に喘ぎ、少しもじっとしていられないようにクネクネと身悶え、彼自身をきつく締め付け続けた。

絶頂を迫らせながらも陽介は、今日は仕上げに座位を行おうと思った。

(座《すわ》り揺籃《ようらん》の技……)

揺籃とは、交接中にゆりかごのように揺することで、陽介が『性愛之術』で最近読んだものだった。

これはソファで行う体位として、最適だろうと思えたのである。

陽介はいったん股間を引き離し、息を弾ませている明日香を抱き起こした。そして今度は陽介が下になったのである。

《男が仰向《あおむ》けになり、その腰の上に女が跨《また》るような態《たい》で対面交接《たいめんこうせつ》した後《あと》は、男はそのまま上体《じょうたい》を起こして、脚は胡座《あぐら》をかくようにするべし》

陽介は、仰向けになっての交接を省略し、最初からソファに寄りかかって明日香を引き寄せた。

「どうするの……？」

「ああ、こうして、跨って……」

明日香が待ちきれないように言うので、陽介もソファにもたれて胡座をかき、その上に彼女を跨らせた。

そして愛液にまみれて屹立した先端に、明日香が自分からワレメを押しつけ、向かい合わせにしゃがみ込んできた。

たちまちペニスが呑み込まれてゆき、深々と柔肉の奥に収まった。

「アアッ……、深くまで届くわ……」

明日香が喘ぎ、正面から彼にしがみついてきた。

《更《さら》に、両《りょう》の手で女の尻を摑《つか》んで前後にゆったり揺り動かし、時折《ときおり》左右の動きを交《まじ》えながら、その動きに合わせて男も腰を律動《りつどう》させれば、心地よき揺れに女は陶然《とうぜん》となるなり》

陽介は記述を思い出しながら、両手を明日香の尻に回し、柔らかく張りもある双丘《そうきゅう》を揺するように揉んだ。

さらに左右にも動かし、同時に股間も突き上げはじめると、明日香の身悶えが激しくなっていった。

「ああ……、いいわ、すごく……」

彼女は口走りながらクネクネと尻を動かし、艶めかしい膣内の収縮で彼自身を刺激してきた。

大量に溢れる愛液が律動を滑らかにさせ、彼の陰嚢《いんのう》から内腿までもネットリと濡らしてきた。

《併《あわ》せて、女の唇、耳、首筋、肩などに舌を這《は》わせるべし。これも優《やさ》しく、ゆったり

行うべし》

　陽介は記述の通りに、明日香に唇を重ね、甘酸っぱい芳香の息に鼻腔を刺激されながら舌をからめた。

「ンンッ……！」

　彼女も激しく舌を蠢かせ、生温かくトロリとした唾液を送り込んでくれ、陽介も心地良く喉を潤した。

　さらに耳朶を唇に挟んで吸い、白い首筋にも舌を這わせていった。続けて、肩から鎖骨まで舐めると、

「ああ……、い、いきそう……」

　明日香が激しく股間をこすりつけるように動かして喘ぎ、陽介も腰の突き上げを速めていった。

　膣内の収縮が活発になり、奥からは明日香の若々しい躍動がドクドクと伝わってきた。

「こんなに気持ちいいの、初めて……」

明日香が両手を彼の肩に回して口走り、粗相《そそう》したかと思えるほど互いの股間をビショビショにさせた。

陽介も、果てそうになると動きをゆるめ、彼女を良いように焦らしながら微妙な愛撫を続けた。

とにかく、指のタッチはゆったりとするのが極意のようだ。

尻の丸みをくすぐるように指先でいじり、上下左右に優しく揉みながら股間を突き上げた。

同時に、屈《かが》み込んで左右の乳首を舐め、谷間から鎖骨、首筋を何度か上下に往復して滑らかな肌を味わった。

「アア……、いい……、もっと強く突いて、奥まで……」

明日香が喘ぎ、左右に両膝を突いてペタリと座り、自らも激しく股間を上下に動かしはじめた。

陽介は、濡れた柔肉の摩擦と締め付けに高まってきた。

さらに舌と指を使いながら、美女の甘酸っぱい息と甘ったるい体臭で鼻腔を刺激され、いよいよ自分を焦らすことも出来ないほど絶頂を迫らせた。

さらに明日香が股間をこすりつけるようにグリグリと動かしてきた。柔らかな恥毛がこすれ合い、コリコリする恥骨まで下腹部に感じられた。

あまりに彼女が激しく反応するものだから、彼もとうとう我慢できず昇り詰めてしまった。

「い、いく……、アアッ……！」

陽介は、溶けてしまいそうな絶頂の快感に全身を包まれ、口走りながら熱いザーメンをドクンドクンと勢いよく柔肉の奥にほとばしらせた。

「き、気持ちいい……、ああーッ……！」

噴出を感じ取った途端、明日香もガクガクと激しいオルガスムスの痙攣を起こし、上ずった声を洩らした。

今までは彼女も喘ぎ声を抑えがちだったが、気を遣《や》るときは大きな声が洩れ、陽介は思わずドアの外の気配に耳を澄ませたほどだった。

それでも、幸い外には誰もいなかったらしく、彼もほっとして残りの快感を味わい、心おきなく最後の一滴まで出し尽くしたのだった。

満足しながら徐々に動きを弱めていったが、明日香は何度も繰り返しオルガスムスの波が押し寄せているように身悶え、膣内を締め付け続けていた。

よほど久しぶりで、しかも丁寧な愛撫をされたのも初めてだったようで、相当に良かったのだろう。

やがて彼が完全に動きを止めると、

「ああ……」

明日香も溜息混じりに声を洩らし、陽介にしがみつきながら徐々に全身の強ばりを解いて、グッタリともたれかかってきた。

まだ膣内の収縮が続き、射精直後で過敏になったペニスが刺激され、ピクンと内部で跳ね上がるように反応した。

「あう……」

明日香が声を上げ、まだ快感が全身の隅々にくすぶっているようにキュッと締め付けてきた。

陽介は彼女の温もりを受け止め、果実臭の息を間近に嗅ぎながら、うっとりと快感の余韻を噛み締めた。

座位も、ベッドではなく、こうしてソファを使うと実に体勢が楽で、何しろ向かい合っているから唇や乳首も舐めやすくて良いものだと思った。

「良かった……、とっても……」

明日香が、精根尽き果てたようにグンニャリとなって言った。

「ごめんなさい。今夜久しぶりに奥さんとするのでしょう。先にエネルギーを使わせてしまいました……」

「そんなこと気にしなくていいよ」

明日香の言葉に陽介も答えたが、こうした余韻の中で妻を思い浮かべるのも複雑な心境だった。

「でも嬉しいです。真面目な野上さんが、こんなことしてくれるなんて、思ってもいなかったから……」

明日香は、よほど感激したらしく、もう一度熱烈に唇を求めてきたのだった。

そして舌をからめ、陽介も美女の唾液と吐息を味わいながら、そろそろ家に電話し、遅くなった言い訳をしないとならないなと思うのだった。

ジョギング美女

「乳《ち》首《くび》の剛《ごう》柔《じゅう》攻《こう》」を試す

《指と舌で、女の乳首を柔《やわ》らかに愛撫した後《あと》は、片方の乳首は口に含みて、舌で強めに舐《ねぶ》り、同時にもう片方の乳首には手のひらを当て、柔らかに撫《な》でるべし。しばらくこれを行いたる後、今度は片方を柔らかに舐《な》め、もう片方を強めに摩《さす》るべし。愛撫の強さや速さを適度に変えることが肝心《かんじん》なり。女は飽《あ》きることなく、刺激を愉《たの》しみ続け、更《さら》に残った手で女の陰部を弄《まさぐ》れば、女は快楽の極《きわ》みへと昇っていくなり》

――『性愛之術《せいあいのじゅつ》』（明治初期）より

（いい天気だ。僕もジョギングでも始めるかなあ……）

日曜の早朝、陽介は好天に誘われて近所の公園に来て思った。

割に緑が多くて広く、彼のように散歩している人や、犬を連れた人、ジョギングをしている人などがあちこちに見えた。

ふと、陽介の鼻を石鹸《せっけん》に似た甘い芳香がくすぐってきた。

思わず振り返ると、彼の横を一人の女性が走り過ぎたところだった。

後ろ姿を見ると、ピンクのランニングシャツに、長い黒髪を引っ詰めていた。ウエストがキュッとくびれているから、尻の丸みが艶めかしく強調され、スラリとした脚も魅力的だった。

(綺麗な人なんだろうな……)

陽介は思ったが、彼女がどんどん離れていくので、前に回ることは出来なかった。

仕方なく、しばらく散策を続けていると、また向こうからピンクのランニングシャツの女性が近づいてきた。

どこかでターンしてきたらしい。

今度こそと顔を見ると、何と、とびきりの美女ではないか。

切れ長の眼差しに鼻筋が通り、規則正しい呼吸をする唇も形良く、しかも胸の膨らみが揺れて弾むほどの巨乳だ。

二十代半ばほどだろうか。

陽介が、あまりジロジロ見ないよう気をつけながらも観察を続ける間に、また彼女が横を通り過ぎていった。

　ふんわりと、生ぬるく甘い石鹸の香りが鼻腔を刺激してきた。

　風呂上がりというより、彼女のフェロモンが石鹸に似ているのかも知れない。

　とにかく彼は魅せられてしまい、甘い匂いを追うように、また彼女が戻ってくるかも知れないと思って、そちらの方へと歩きはじめた。

　するとしばらくして、また彼女が彼方から引き返し、こちらに向かって走ってくる姿が見えた。

　ところが、いきなり茂みの角から自転車が走ってきて、死角になっていた彼女とぶつかりそうになった。

「アッ……」

　驚いた彼女が声を上げ、辛うじて避けたがバランスを崩し、転倒してしまったのだった。

（うわ、大変だ……）

　見ていた陽介は、思わず彼女に駆け寄っていった。

　自転車の青年が降りて謝っていたが、彼女は大丈夫と言って頷き、立ち上がると、青年も安心したように自転車で走り去ってしまった。

気がついた。

「大丈夫ですか」

駆けつけた陽介は、思わず声をかけ、彼女の膝がすりむけて血が滲んでいることに気がついた。

「ええ、大丈夫です」

「膝を打ったのなら冷やした方がいいですね」

陽介は言って、返事を待たずに公園の水道のところまで行き、自分のハンカチを濡らして戻った。

傷口を拭《ぬぐ》ってやると、かすり傷だったようで、すぐに血も止まった。

「ああ、大したことないようですね。安心しました」

「済みません。有難うございます……」

彼女は、また生ぬるく甘い匂いを揺らめかせて答えた。

「でも、もう今日は、ランニングやストレッチは止めた方がいいですね。打撲のあとは動かない方が良いということです」

「お詳しいのですね」

彼女は、少し膝を曲げて、様子を見ながら言った。

「ええ、食品メーカーに勤めているもので、メタボ防止のためにストレッチの勉強を少ししています」

陽介が言うと、彼女は優しげな彼の顔を見て安心したように話を切り出してきたのだった。

「あの……、お詳しいなら伺いたいのですけれど……」

「どのようなことですか？」

「最近ジョギングしているとすぐ脇腹が痛むのです。どうしたら良いのでしょう。何かよいストレッチでもあれば……」

言われて、陽介は甘い匂いに密かな興奮を覚え、股間を熱くしてしまった。

「はあ、ストレッチではないのですが、脇腹の痛みに効く、章門《しょうもん》というツボがこのあたりにあります」

陽介は答え、自分の左脇腹を指した。

「この辺ですか……？」

彼女も自分の脇腹を探ったが、どうもあまりよく分からないようだ。

「あの……、お嫌でなければ少しだけ触れます。その方がすぐ分かりますので」

言うと、彼女はまた陽介を見たが、やはり当たりの柔らかな彼に安心したように、小さく頷いたのだった。

「では、そのベンチにでも」

陽介が言って誘うと彼女も来て、並んで座った。そのベンチは茂みに囲まれ、周囲から見えにくい場所にあり、人影もまったくなかった。

「では失礼します。脇腹に指を当てて、下から二番目の肋骨《ろっこつ》のあたりです」

陽介は言って横から近づき、汗に湿ったランニングシャツの脇腹にそっと触れた。

「あ……」

彼女が小さく声を洩らし、ビクリと身体を震わせた。確かに、脇腹は感じやすい部分だから仕方がないだろう。

「済みません。少し我慢してくださいね」

陽介は、彼女の甘ったるい石鹸臭のフェロモンに酔いしれながら言い訳のように言い、弾力ある肌の奥にある肋骨を探った。

彼女も自分の腋を覗《のぞ》くように、僅かに腕を上げているので、ジットリ汗ばんだ腋も覗き、ピンクのシャツの脇や胸元に滲んだ汗染みも実に艶めかしかった。

しかも視線を落とせば、ムッチリした白い太腿もあり、吸い付きたくなるような滑らかな肌が息づいていた。

生ぬるく甘ったるい汗の匂いに混じり、彼女の弾む吐息もほんのり甘酸っぱく彼の鼻腔を刺激してきた。

「ここですね。もし痛むことがあったら指圧するといいです。少し押してみますよ」

陽介は言いながら章門のツボを探り、そっと押してみた。

「アアッ……、気持ちいい……！」

彼女が熱い息を洩らし、さらに濃い匂いを揺らめかせて身悶えた。

しかも彼女は、脇腹に触れている陽介に手を重ねてきたのである。

（ひょっとして、感じている……？）

あまりに敏感な反応に、陽介も勃起しながらそのように思いはじめた。

運動をした直後は血行がよく身体も温まっているので、通常の状態よりも感じやすいということを雑誌の記事か何かで読んだことがある。今の彼女がそうなのかも知れないと、彼は思った。

そこで陽介は、偶然を装《よそお》い、そっと彼女の胸の膨らみにもタッチしてしまった。

「あう……！」

彼女は呻いたが、拒む様子はない。むしろ、さらなる刺激を求めるように、陽介の方に横から密着してきたではないか。

意識しているのか、無意識なのか、それは判然としないが、性的興奮が高まっているのは確かなようだった。

陽介は、さらに図々しく柔らかな巨乳を探り、麓のあたりに指を這わせた。

「アア……」

彼女はすっかり喘ぎ、弾む乳房を悩ましく揺すってきた。

陽介も膨らみの麓を執拗に撫でてから、徐々に乳首の方へと指を這わせていった。

シャツの下はヌーブラかニップレスか、何らかのものがあって乳首のありかははっきりしなかった。

やはりランニングシャツで、ぽっちりと乳首の突起が浮かぶのも恥ずかしいので対処しているのだろう。

陽介は、もう片方の手も乳房に伸ばし、乳首のあたりを探った。

もちろん草の茂みに隠れているとはいえ、周囲の様子にも気を配った。

彼女の呼吸が弾み、陽介は美女のかぐわしい吐息と体臭に悩ましく包まれながら、両手での愛撫を続けた。

そして陽介は、最近『性愛之術』で読んで覚えた、「乳首《ちくび》の剛柔攻《ごうじゅうこう》」を試してみようと思ったのだった。

《指と舌で、女の乳首を柔《やわ》らかに愛撫した後《あと》は、片方の乳首は口に含みて、舌で強めに舐《ねぶ》り、同時にもう片方の乳首には手のひらを当て、柔らかに撫《な》でるべし》

陽介は性典の記述を思い出しながら、それぞれの手のひらで彼女の両の乳首を探った。

すると、さっきまであまり分からなかった乳首のありかが、次第に分かるようになってきたのだ。

どうやら刺激されるうち、乳首が勃起してきたらしい。

「ああ……、いい気持ち……」

彼女も、ツボへの刺激ではなく、今や完全に乳首への愛撫に喘いでいた。

もう、あまりに激しい興奮に自分がどこで何をされているかも分からなくなっているのかも知れない。

《しばらくこれを行いたる後、今度は片方を柔らかに舐《な》め、もう片方を強めに摩《さす》るべし。愛撫の強さや速さを適度に変えることが肝心《かんじん》なり》

陽介は記述にあったように、左右の強弱を変えながら愛撫した。舌が使えないのが残念だが、指だけでも彼女は相当に高まってきたようだ。

「う……、んん……」

彼女は声が洩れそうになるたび、慌《あわ》てて口を押さえ、熱い呻き声をくぐもらせて身悶えた。

陽介も、右の乳首を強めに愛撫すると、左はソフトタッチにし、またそれを交互に入れ替えて執拗にいじった。

柔らかな膨らみは手のひらに余るほど豊かで、シャツを通して心地良い弾力と息づく量感が伝わってきた。

シャツを濡らす汗も、さっきランニングをしていたときよりジットリと多くなり、絞れば滴《したた》りそうなほどになっていた。

石鹸に似た甘ったるい汗の匂いが濃くなり、彼女のほんのり甘酸っぱい果実臭の息も熱く弾み、その素晴らしい肉体は少しもじっとしていられず、うねうねと悩ましく波打ちはじめていた。

《女は飽《あ》きることなく、刺激を愉《たの》しみ続け、更《さら》に残った手で女の陰部を弄《まさぐ》れば、女は快楽の極《きわ》みへと昇っていくなり》

陽介は、もうすっかり彼女が乳首への刺激で高まっているのを確信し、そろそろと内腿に触れ、ショートパンツの股間へと指を這わせていった。

汗ばんだ肌はやはり滑らかで、適度に脂が乗って、吸い付くように心地良い弾力に満ちていた。

全部脱がせたら、きっとさらに素晴らしいプロポーションが現れるだろうと思うと、陽介は後戻りできない淫気に見舞われてしまった。

そしてパンツの上から股間を探り、ワレメに沿うように指を這わせていった。

ショートパンツと下着で二重になっていても、何となくワレメの様子が指先に伝わってきた。

おそらく下着の中は、すでに大量に溢れる愛液でヌルヌルになっているのではないかと思われた。

なおも陽介が、クリトリス辺りに見当を付けて指を動かし、もう片方の手では乳首を探っていると、

「あう……」

彼女が息を詰めて呻き、腰をよじって彼に手を重ねてきた。

しかし、これは愛撫を強くという意味ではなく、さすがに拒んできたのである。

「こ、ここでは、これ以上は……」

彼女が、ようやくここが公園の一角であるという現実に気づいたように言い、しかし続けてほしいというような熱っぽい眼差しで陽介を見た。

「そうですね……、よろしければ移動しませんか。僕のマンションがすぐ近くなのですけれど」

「ええ……」

促《うなが》すと彼女も小さく答え、立ち上がりながらややフラついた。

陽介も身体を支え、二人で茂みの陰にあるベンチから移動した。

公園には、さっきと同じ穏やかな日常の光景があった。

もちろん誰一人として、二人がベンチで何をしていたか知るものはいない。

陽介は、自分にだけこれから良いことが始まるのだと思うと、のんびりと散歩を楽しんでいる人たちに対して、誇らしい気持ちになったのだった。

「座《すわ》り乱《みだ》れ攻《こう》」を使う

《座っての対面交接《たいめんこうせつ》では、男が両《りょう》の手を床につき、両の膝《ひざ》を立て、そこに女が背をもたせかける態《たい》も、味わい深きものなり。女は体をあずけて休めることができるゆえ、気持ちが安らぎ、心地よさを深く受け入れることになるなり。男は両の手が使えないが、腰を前後、左右、あるいは上下に小刻みに動かすべし。多様《たよう》な刺激を女に与えることができ、女は深い快楽《けらく》に浸《ひた》ることになるなり》
——『性愛之術《せいあいのじゅつ》』（明治初期）より

「どうぞ、お入り下さい」

陽介は、彼女を自分の部屋に招き入れた。

歩きながら話したが、彼女は二十六歳。美由紀《みゆき》と名乗った。商社のＯＬで、彼氏いない歴一年らしい。

美由紀はだいぶ興奮気味で、密室に入った途端、呼吸を熱く弾ませ、全身を緊張させた。

やはりジョギングをしただけでは欲求不満は解消されず、快楽を知りつつも相手のいない一年間の思いが一気に噴出しそうなのだろう。

陽介は待ちきれない気持ちで、いきなり美由紀を抱きすくめ、唇を求めていった。

彼女もすぐに長い睫毛《まつげ》を伏せて応じ、陽介に身を任せてきた。

柔らかな唇が密着し、ほんのり甘酸っぱい吐息が鼻腔を刺激してきた。陽介は上下の唇を優しく吸ってから舌を差し入れ、ネットリとからみつかせた。

「ンンッ……！」

美由紀も熱く息を弾ませ、彼の舌に吸い付いてきた。

陽介は生温かくトロリとした唾液を味わいながら、彼女の舌の裏側を舐め回し、柔らかな髪を掻き分けて、耳の付け根にも指を這わせていった。

「アア……、もう駄目……」

美由紀が唇を離し、立っていられないほど感じてきたようなので、陽介も彼女をベッドへと誘った。

並んで座り、美由紀のシャツを脱がせると、あとは彼女が自分で脱いだ。

陽介も手早く全裸になり、やはり一糸まとわぬ姿になった美由紀を横たえて添い寝していった。

思った通り、実に艶めかしい肉体をしていた。豊かな乳房が汗ばんで息づき、乳首も乳輪も清らかな薄桃色だ。

ジョギングをしているだけあり、均整の取れた肉体で腹部も僅かに筋肉が浮かび、太腿と脹脛が実に引き締まっていた。

陽介は乳房の麓から順々に指と舌を這わせ、石鹸に似た甘ったるいフェロモンを感じながら乳首を愛撫していった。

「アアッ……！」

美由紀がビクッと顔をのけぞらせて喘ぎ、見事な膨らみを揺すって悶えた。

さっきは舌が使えなかったので物足りなさを感じた「乳首《ちくび》の剛柔攻《ごうじゆうこう》」を再び行い、緩急をつけて左右の乳首を舌で転がし、指を這わせた。

両方とも充分に愛撫すると、陽介は彼女の首筋から鎖骨、腋の下にまで舌を這わせ、濃厚な体臭に噎《む》せ返り、さらに汗ばんだ肌を舐め下りていった。

ウエストは形良く引き締まり、彼は臍《へそ》を舐め、張り詰めた下腹からムッチリとした太腿へと舌を這わせた。

そしてスラリとした脚を舐め下り、足首を摑《つか》んで浮かせ、足裏に舌を這わせ、指の股にも鼻を割り込ませた。

美女の指の間は汗と脂《あぶら》にジットリ湿り、蒸れた芳香が籠もり、さらに彼は爪先にしゃぶり付いて、順々に指の股を舐め回した。

「あうう……、そんなところまで……」

美由紀が腰をくねらせ、息を詰めて呻いた。おそらく元彼《もとかれ》は、このようなところまで舐めなかったのだろう。

陽介は両足とも念入りに賞味し、味と匂いが消え去るまで貪ってしまった。

そして美由紀をうつ伏せにさせ、今度は踵から脹脛に舌を這わせていった。

ほんのりと汗ばんだ膝裏のヒカガミを舐め、太腿から尻の丸みをたどり、腰から滑らかな背中を舐め上げていくと、淡い汗の味がした。舌に感じる筋肉の躍動も、実に心地良かった。

肩まで行って髪の匂いを嗅ぎ、うなじから引き返し、脇腹に寄り道しながら、再び彼女を仰向けにさせた。

そして完全に彼女を大股開きにさせ、陽介は腹這いになって真ん中に陣取り、美女の神秘の部分に顔を迫らせていった。

ムッチリとした白い内腿を舐め上げ、中心部に近づくと、石鹸の香りに似た熱気と湿り気が顔中を包み込んだ。

恥毛は濃くなく薄くなく、実に程よい感じで艶めかしく茂り、割れ目からはみ出す花びらは、すでに大量の蜜汁《みつじゅう》にネットリと潤っていた。

陽介は柔らかな恥毛に鼻を埋め、割れ目に舌を這わせていった。


「ああッ……、恥ずかしい、シャワーも浴びていないのに……」

美由紀は顔をのけぞらせ、内腿できつく陽介の顔を締め付けながら喘いだ。

ことさらに彼が鼻を鳴らして嗅ぐものだから、なおさら羞恥が煽《あお》られたのだろう。

茂みの隅々には、何とも甘ったるい汗の匂いが沁みつき、ほのかな残尿臭も馥郁《ふくいく》と感じられた。彼女本来の体臭である石鹸臭も混じり、陽介は何度も深呼吸して美女の匂いを貪り、淡い酸味の愛液を舐め取った。

襞の入り組む膣口を舌先でクチュクチュと掻き回し、滑らかな柔肉をたどり、コリッとしたクリトリスまで舐め上げると、

「ああーッ……、き、気持ちいい……！」

美由紀は身を弓なりに反らせて喘ぎ、ガクガクと腰を跳ね上げて悶えた。

陽介も腰を抱えて押さえつけ、執拗に舌先をクリトリスに集中させ、溢れる蜜をす

すった。

「だ、駄目……、すぐいっちゃいそう……」

美由紀が、早々と昇り詰めるのを惜しむように身をよじって哀願した。

陽介も、味と匂いを充分に味わうと顔を上げ、再び添い寝していった。もちろん、まだいかせるのは早い。

美由紀を上にさせると、彼女は積極的に陽介の肌を舐め下り、ためらいなく屹立したペニスに顔を寄せていった。

細くしなやかな指をそっと幹に添え、先端に舌を這わせ、尿道口から滲む粘液を舐め取ってくれた。

「ああ……」

陽介が快感に身を任せて喘ぐと、美由紀の愛撫にも熱が入ってきた。

いつものことながら口でされると、その女の過去の男の好みが分かるようだった。

美由紀は喉の奥まで深々と頬張り、上気した頬をすぼめて吸い付き、内部ではクチュクチュと舌をからみつけてきた。

たっぷり溢れた清らかな唾液に、ペニスは生温かくまみれ、刺激に合わせてヒクヒクと震えた。

美由紀は強く吸い付きながら引き抜き、チュパッと軽やかな音を立てて口を離すと、今度は陰嚢にもチロチロと舌を這わせてきた。

そして二つの睾丸《こうがん》を舌で転がし、袋全体を唾液に濡らすと、再び舌先で肉棒の裏側を舐め上げ、スッポリと呑み込んだ。

「ああ……、もういい、いきそうだ……」

今度は陽介が降参し、滑らかな舌の動きから逃れるように腰をよじった。

美由紀も口を離し、艶めかしく舌なめずりしながら、次の指示を待つように熱っぽい眼差しで彼を見た。

「上から入れてみて……」

陽介は言いながら、最近『性愛之術』で読んだ、「座《すわ》り乱《みだ》れ攻《こう》」の技を試してみようと思った。

「最初から私が上に……、そんなの初めて……」

美由紀が戸惑いながらも、興味を持ったように仰向けの陽介の股間に跨ってきた。

おそらく元彼は、正常位かバックしかしなかったのだろう。

やがて美由紀は、自らの唾液に濡れた幹に指を添えて跨り、先端を膣口に受け入れながら女上位で腰を沈み込ませてきた。

張りつめた亀頭がズブリと潜り込むと、

「アアーッ……！」

美由紀が声を上げ、あとは自分の重みと大量のヌメリに合わせて、ヌルヌルッと一気に根元まで柔肉の奥に呑み込んでしまった。

陽介も、心地良い肉襞の摩擦と締め付けに包まれ、暴発を堪えながら美女の温もりと感触を味わった。

美由紀はぺたりと座り込み、股間を密着させて久々のペニスを味わうようにモグモグと締め付けてきた。

何という心地よさだろう。美由紀の内部は熱く濡れ、息づくような収縮と、ドクドクと脈打つような若い躍動がペニス全体を包み込んだ。

陽介は股間に彼女の重みを受け止めながら、そろそろと身を起こし、両手を後ろに突いて身体を支えていった。

《座っての対面交接《たいめんこうせつ》では、男が両《りよう》の手を床につき、両の膝《ひざ》を立て、そこに女が背をもたせかける態《たい》も、味わい深きものなり》

陽介は、記述を思い出しながら両手を後方に突っ張り、両膝も立てて彼女を寄りかからせた。

《女は体をあずけて休めることができるゆえ、気持ちが安らぎ、心地よさを深く受け入れることになるなり》

美由紀も、陽介の立てた膝に寄りかかり、性急に動くことをせず、膣内を締め付けながらじっくり味わおうとする姿勢になったようだった。

《男は両の手が使えないが、腰を前後、左右、あるいは上下に小刻みに動かすべし。多様《たよう》な刺激を女に与えることができ、女は深い快楽《けらく》に浸《ひた》ることになるなり》

陽介は、記述の通りにそろそろと股間を突き上げはじめた。

まずは上下に小刻みに動かすと、美由紀も合わせて腰を遣《つか》ってきた。

「アア……、いい気持ち……」

彼女が喘ぎ、新たな愛液をトロトロと湧き出させ、彼の陰嚢から内腿までを生温かく濡らしてきた。

さらに前後に動かすと、亀頭の表面が内部の天井をこすり、また違った快感が得られたようだ。

「す、すぐに、いっちゃいそう……」

「まだまだ……、なるべく我慢して……」

「ええ……、でも、こんなに気持ちいいの、初めて……」

美由紀も、長く楽しもうとしているようだが、飢えた肉体が否応なく反応しはじめているようだった。

彼が腰を左右に動かすと、美由紀の上体も悩ましく揺れ、内壁を掻き回されながら身悶え続けた。

再び上下運動に戻ると、美由紀も腰を動かし、引き締まった腹部を震わせ、豊かな乳房を弾ませた。

「アア……、いいわ……！」

美由紀が声を上ずらせ、膣内の収縮も活発にさせてきた。これはいよいよ気を遣りそうになっているようだ。

やがて陽介は、両手を突っ張っているのに疲れ、そのまま仰向けになった。

すると美由紀も上体を起こしていられなくなったように身を重ねてきた。陽介はそれを抱き留め、潜り込むようにして乳首を吸い、舌で転がしながら股間を突き上げ続けた。

さらに鎖骨から首筋を舐め上げ、かぐわしい唇に舌を這わせると、彼女もチュッと吸い付き、激しく腰を動かしてきた。

抽送《ちゅうそう》するたび、ぴちゃくちゃと淫らに湿った摩擦音が響き、とうとう彼女はガクンガクンと狂おしい痙攣を開始して昇り詰めてしまった。

「い、いく……、アアーッ……！」

淫らに唾液の糸を引いて顔をのけぞらせ、美由紀はそう口走りながら全身を揺すり、激しいオルガスムスに悶えた。

陽介も、膣内の艶めかしい収縮に巻き込まれ、続いて絶頂に達してしまった。

「く……！」

突き上がる大きな快感に呻き、熱い大量のザーメンをドクンドクンと勢いよくほとばしらせた。

「あうう、熱いわ……！」

奥深い部分に噴出を感じると、美由紀は駄目押しの快感を得たように喘いだ。

陽介は股間をぶつけるようにピストン運動を繰り返し、心おきなく最後の一滴まで出し尽くした。ようやく満足し、徐々に動きを弱めていくと、

「アア……、溶けてしまいそう……」

美由紀も全身の強ばりを解いてゆき、ぐったりと彼にもたれかかっていった。

汗ばんだ肌を密着させ、互いに荒い呼吸を繰り返した。全身から力が抜けても、まだ膣内は名残惜しげに収縮を繰り返し、刺激されたペニスがピクンと過敏に反応して震えた。

「あん……」

また天井を刺激され、美由紀は声を上げながら押さえつけるようにキュッときつく締め上げてきた。

陽介は彼女の重みと温もりを受け止め、甘酸っぱい芳香の息を間近に嗅ぎながら、うっとりと快感の余韻を噛み締めた。

「良かったわ、すごく……」

すっかり満足したように、美由紀が溜息混じりに呟《つぶや》いた。

「ずいぶん感じやすいんですね」

「アア、恥ずかしい……、でも、きっと他にも色々なことをご存じなのね。もっと教えてください……」

美由紀が言い、陽介も一回で終わらないことを悟り、また気を引き締めたのだった。

旅先の美人妻

「下《か》腹《ふく》の震《しん》動《どう》攻《こう》」を試す

《お腹《なか》は性器にほど近き処《ところ》ゆえ、其処《そこ》を撫《な》で舐《ねぶ》ると、性器への愛撫が近いことを女に期待させるなり。先《ま》ず、恥丘《ちきゅう》の麓《ふもと》に人差し指と中指を立て、臍《へそ》へ向けて撫で上げるべし。これを繰り返しながら、脇腹に舌を這《は》わせるべし。続けて、恥丘の麓に二本の指を当て、指を小刻《こきざ》みに震《ふる》わせると、その震えが性器に伝わるなり。同時に、臍のまわりに円を描《か》くように舌を這わせると、其《そ》の二つの刺激が女を歓喜に導くなり》

――『性愛之術《せいあいのじゅつ》』（明治初期）より

（さて、まずは夕食前に大浴場へ行ってみようか）

陽介は、宿の浴衣《ゆかた》に着替えて部屋を出た。今日は土日を利用して、一人で伊豆の温泉に来ていた。

福岡にいる頃はよく家族旅行をしたものだが、一人旅は初めてだ。単身赴任中でもあるし、たまには一人でのんびり湯に浸かって日本酒でも飲みたいと思い、インターネットで調べて良い宿を予約したのだった。

部屋は、一人には勿体ないほど広い、和室の二間だった。併《あわ》せて、貸し切り露天風呂の予約を夕食後の時間に入れておいたので、夜になるのが待ち遠しかった。

その前に、せっかくだから大浴場に行ってさっぱりしようと陽介は思ったのだ。

廊下を歩きはじめると、近くの部屋から男女が出てきた。やはり浴衣姿で、彼らも大浴場の方へ向かうので、陽介は自然に二人のあとを歩く形になった。

二人とも三十代半ばだろうか。どうやら夫婦のようである。

奥さんの方は黒髪が長く、ほっそりとしているが、お尻の丸みがなかなか豊満で形良く揺れていた。

(今夜、するのだろうな……)

陽介は羨《うらや》ましく思いながら、やがて大浴場の前まで来ると、彼女は旦那に手を振って女湯の方へと入っていった。

チラと見ると、切れ長の目に鼻筋が通り、なかなかの美形ではないか。

陽介は、彼女の後ろ姿を見送ってから脱衣所に入った。

さすがに土曜の夜なので泊まり客が多く、すぐに旦那の姿は他に紛れて分からなくなってしまった。

とにかく陽介は身体を洗い流し、のんびり湯に浸かって手足を伸ばした。

サウナに入るなど小一時間ほど楽しんで風呂から上がり、浴衣を着て廊下に出ると、さっきの美人妻が休憩スペースの椅子に座って水を飲んでいた。

(綺麗な人だなあ……)

思わず見惚れ、陽介は股間を熱くさせてしまった。

彼女は水を飲み、椅子から立って部屋へ帰ろうとした。

と、そのとき、いきなりよろけて膝を突き、そのまま蹲《うずくま》ってしまったのだ。

「あ、大丈夫ですか……」

陽介は驚いて駆け寄り、座り込んだ彼女を支え起こそうとした。

「あ、済みません……」

彼女は顔を上げて言い、陽介に支えられながらゆっくり立ち上がった。

「少しのぼせたようです……」

「ご主人を呼んできましょうか」

「いいえ、うちの人は長湯をしないので、もう部屋に帰っていると思います。ここで少し休んでいれば大丈夫ですから」

彼女は言ったものの、またよろけた拍子に陽介の方にもたれかかってきた。そのとき、勃起しかけた股間が彼女の豊満な腰に密着してしまった。

「あ……」

彼女も気づいたように小さく声を洩らし、頬を紅潮させた。

「す、済みません……」

今度は陽介が、彼女の甘い湯上がりの匂いに動揺しながら謝り、もう一度彼女を椅子に座らせた。

「どうかもう、ご心配なく……」

「分かりました。では、お気をつけて」

言われて陽介は答え、その場を離れた。

部屋に戻り、彼女の残り香と感触を思い出しながら、陽介はまた旦那のことが羨ましくなった。

やがて夕食の時間になったので食事処へ行ったが、やはり満員で、あの夫婦の姿を見つけることは出来なかった。

それでも、陽介は豪華な夕食を堪能した。酒は貸し切り露天風呂に入りながら飲むのだからと、ビールを少しだけにした。

夕食を終えると、彼は部屋へ戻って少し休憩し、やがて予約の時間が近づいたので貸し切り露天に行くため、注文しておいた日本酒を持って部屋を出た。

すると、そこでまた彼女に会ったのだった。


「先ほどは有難うございました」

彼女の方から陽介に声をかけてきた。

「もう大丈夫ですか？」

「ええ、夕食でお酒をいただいて、すっかり良い気分になりました。主人は酔って寝てしまったので、一人でお庭でも散歩しようと思って」

彼女が笑顔で言い、陽介も安心して、どちらからともなく一緒に廊下を歩いた。

「僕はこれから貸し切りの露天風呂へ行くところです」

「お一人で？」

「ええ、福岡に家族を残して、東京へ単身赴任中でして、今回は一人旅なんです。申し遅れましたが、野上陽介といいます」

「そう、一人旅も粋《いき》ですね。私は沙織《さおり》です」

彼女は言い、陽介はまた洗い髪の甘い匂いに陶然となってしまった。

「でも、やはり一人は寂しいです。あなたたちのように、仲良し夫婦で来る方がいいですよ」

「仲が良さそうに見えますか」

ふと、沙織が寂しげな表情になって言った。

「ええ、美しい奥さんだから大事にされているでしょう」

「そんなことないです。せっかく温泉に来たのに、主人は酔って先に寝てしまうし、最近はほとんど放ったらかし……。今夜も、もう朝まで寝たままだと思います」

「どんなに美しい奥さんでも、夫はマンネリになるものなんですね……」

陽介は独り言のように呟いた。すると沙織が真剣な面持ちで訊いてきた。

「マンネリから抜け出す方法って、あるのでしょうか」

「そうですね……。たまには奥さんの方から大胆に求めるのも良いでしょう。普段触れないところを攻めるのも効果的です」

答えながら陽介は、際どい話になってきたのでまたしても勃起してしまった。

「まあ、普段触れないところって、どのような……？」

「例えば、おなかとか」

陽介は、最近『性愛之術』を読んで頭に入っている「下腹《かふく》の震動攻《しんどうこう》」を思い出して言った。

「おなかが……？」

「ええ、意外に効果的なのですよ」

「どのように触れるのですか？」

沙織が、強く関心を持ったように顔を寄せて訊いてきた。

ほんのりと甘い匂いが漂い、ひょっとして淫気が高まっているのではないかと陽介は思った。

「ええ、このあたりを……」

陽介が自分の腹に触れて言いかけたとき、ちょうど貸し切り露天風呂の入り口に着いた。

「よろしかったら、中で説明します」

陽介は駄目で元々という感じで言い、使用中の札を出し、先に暖簾《のれん》をくぐった。

沙織はためらっていたが、とうとう中に入ってきた。

陽介は戸をロックし、これでしばらくの間は密室となった。

「では、私は浴衣を脱ぎますね。その方が分かりやすいですから」

激しい興奮に胸を高鳴らせながらも、陽介は沙織を安心させるよう笑顔で言った。

そして帯を解きながら、

「もし良かったら、沙織さんも脱いでいただけないですか」

と言ってみた。沙織は黙って俯《うつむ》いていたが、やがて覚悟を決めたように、モジモジと脱ぎはじめてくれた。

すでに夕方に入浴しているし、脱ぎやすい浴衣の上、ほろ酔いもあるのだろう。たちまち彼女は下着まで脱ぎ去り、互いに一糸まとわぬ姿になった。

思っていたとおり、色白でほっそりした体つきだが、乳房と腰は豊かな丸みを帯び、股間の茂みも恥ずかしげに煙って、陽介ははちきれそうに勃起した。

「では、せっかくですから湯に浸かりましょう」

陽介は言い、緊張に俯き加減の沙織の手を握って露天の方へ出て行った。

貸し切りだけあり、大浴場の露天ほど広くはないが、岩や茂みが適度にあって、実に良い雰囲気だった。

まずは湯に浸かり、陽介は彼女に迫りながらそっと肌に触れ、性典の記述を思い出していた。

《お腹《なか》は性器にほど近き処《ところ》ゆえ、其処《そこ》を撫《な》で舐《ねぶ》ると、性器への愛撫が近いことを女に期待させるなり》

陽介は、記述の通りに沙織の腹部に触れ、湯の中で滑らかな肌を撫で回した。

《先《ま》ず、恥丘《ちきゅう》の麓《ふもと》に人差し指と中指を立て、臍《へそ》へ向けて撫で上げるべし》

そのように、二本の指を恥毛の生え際あたりに当て、臍に向かって撫でた。

「く……」

沙織が息を詰めて小さく呻き、ビクリと肌を震わせた。

湯の香りに混じり、水面を彼女の甘い吐息が漂ってきて、その刺激が陽介自身を心地良く奮《ふる》い立たせた。

《これを繰り返しながら、脇腹に舌を這《は》わせるべし。続けて、恥丘の麓に二本の指を当て、指を小刻《こきざ》みに震《ふる》わせると、その震えが性器に伝わるなり》

陽介は腹部への愛撫を続けながら、沙織の身体を湯から出してふちに腰掛けさせた。

湯を弾くほど脂の乗った肌が息づき、彼は二本の指を小刻みに動かしながら脇腹に唇を当て、そっと舌を這わせはじめた。

「アアッ……！」

沙織が身をくねらせ、熱く喘いだ。

相当に欲求が溜まっているようで、触れなくてもすでに割れ目は濡れているだろうと彼は確信した。

滑らかな肌には、湯の香りと彼女本来の甘く上品なフェロモンが入り交じり、彼のペニスを刺激してきた。

《同時に、臍のまわりに円を描《か》くように舌を這わせると、其《そ》の二つの刺激が女を歓喜に導くなり》

指先が、何度か湯に濡れた柔らかな茂みに触れ、さらに奥でコリコリする恥骨の膨らみも感じられた。

陽介は屈み込むように顔を寄せ、張りつめた腹に舌を這わせ、形良い臍の周りを円を描くように舐めた。

「あう……、き、気持ちいい……」

沙織も次第に熱い喘ぎを繰り返すようになり、少しもじっとしていられず、うねうねと身悶えるようになっていた。

さすがに『性愛之術』の効果は覿面で、脇腹から臍への舌の刺激と、恥骨周辺の指の震動で、欲求不満気味の沙織は相当に高まってきたようだった。

しかも、まだ肝心な部分に触れていないという焦らし効果もあったのだろう。

「アア、野上さん、もっと、お願い……」

沙織は熱く息を弾ませ、自分から彼に肌を密着させてきたのだ。

陽介は指先で茂みを掻き分け、割れ目に沿って指を這わせて、舌で乳房の麓を刺激してから、とうとうツンと突き立った乳首に触れていった。

「ああッ……！」

沙織が喘ぎ、彼の顔を胸に掻き抱いてグイグイと膨らみを押しつけてきた。

湯の香に混じる、彼女の甘ったるい体臭が心地良く鼻腔をくすぐり、さらに上からは甘い息が吐きかけられ、陽介も我慢できなくなってきてしまった。

割れ目からはみ出した陰唇は、すでに熱く潤い、指の愛撫をヌラヌラと滑らかにさせていた。

彼は乳首を舐めながら指で息づく膣口を探り、入り組む襞を掻き回すようにいじってから、愛液に濡れた指の腹でクリトリスに触れていった。

「アア……！　もう駄目……」

沙織が内腿できつく彼の指を締め付けて悶え、陽介が窒息するほど柔らかな膨らみを顔中に密着させてきた。

陽介も、ようやく息も絶えだえになって顔を引き離した。

「あの、よろしかったら続きは僕の部屋でいかがでしょう……」

陽介は言い、いったん指を離した。

互いに高まっているが、この岩場や洗い場でことを進めるのは、さすがに落ち着かないだろう。

すると沙織も小さく頷き、懸命に呼吸を整えた。

部屋へ戻るまでに彼女の気持ちが醒《さ》めないよう、陽介は手を握って露天を出た。

そして湯に浸かっての酒を諦《あきら》め、互いに手早く身体を拭いて浴衣を着た。

さっきまでは、美人妻を持った旦那を羨ましく思っていたが、何も知らずに部屋で寝ている旦那のことを、今は申し訳なく思うのだった。

「秘所《ひしょ》の上下攻《うえしたこう》」を使う

《座っての対面交接《たいめんこうせつ》を行いたる後《あと》は、女の体を仰向《あおむ》けに倒すべし。その時、玉茎《たまぐき》が抜けぬよう、股《また》を女の股間《こかん》に押し付けながら、女の膝《ひざ》を折り曲げて、更《さら》に男は両《りょう》の膝を床につけ、女の尻を少し浮かせるとよろし。そして女の両膝を押し開き、股を密着させると、玉茎が深々《ふかぶか》と女陰《じょいん》の中に入るなり。指で恥骨《ちこつ》を押しつつ、小刻《こきざ》みに震《ふる》わせ、玉茎で女陰の上壁を擦《こす》れば、秘所《ひしょ》が上下《うえした》から刺激されて女は身悶《みもだ》えるなり》

――『性愛之術《せいあいのじゅつ》』（明治初期）より

沙織を自分の部屋に招き入れた陽介は、入り口の鍵をかけて、すぐに彼女を抱きすくめ、熱烈に唇を重ねていった。

「ンン……」

沙織も湯上がりの匂いを揺らめかせ、熱く甘い息を弾ませながら身体をピッタリと押しつけてきた。

近くの部屋では、何も知らずに彼女の夫が眠っているのだろう。それを思うと、陽介は背徳の快感に激しく勃起した。

彼は美人妻の柔らかな唇を味わい、舌を差し入れ、滑らかな歯並びをたどった。

すると彼女も歯を開いて舌を触れ合わせ、ネットリとからみつけてきた。

陽介は唇を吸い、舌の付け根を舐め回し、トロリとした生温かな唾液をすすった。

さらに指先では彼女の髪を掻き分け、耳朶をそっと愛撫した。

「ああ……」

沙織が、息苦しくなったように声を洩らし、淫らに唾液の糸を引いて口を離した。

陽介も、そのまま彼女を、敷かれている布団に招いた。

一人で泊まる部屋なので、当然ながら布団も一組だけだ。

互いに帯を解いて浴衣を脱ぎ去り、すぐに二人は全裸になって横たわった。

湯上がりなのでナマのフェロモンは薄れてしまったが、沙織のほんのり濡れた髪が艶めかしかった。

陽介は彼女を仰向けにさせ、形良い乳房に指を這わせた。柔らかな麓から微妙に揉み上げ、焦らしながら徐々に可憐な乳首へと触れていった。

「アア……、いい気持ち……」

沙織が、すぐにうっとりと喘ぎ、うねうねと柔肌を悶えさせはじめた。

乳首はツンと突き立ち、やがて陽介もチュッと吸い付いて舌で転がした。

顔中を柔らかな膨らみに埋め込むと、湯上がりの香りに混じり、彼女本来の甘い体臭がほんのり感じられた。

陽介は念入りに乳首を愛撫し、もう片方にも吸い付き、舌と歯で微妙に刺激した。

沙織は熱く喘ぎ、少しもじっとしていられないように身悶え続けた。

彼は柔肌を舐め下り、臍から腰、むっちりとした太腿へと舌でたどっていった。

そして脚を舐め下り、足首を摑んで浮かせ、足裏にも舌を這わせてから爪先にしゃぶり付いた。

「あう……！　ダメ、汚いわ……」

沙織が声を震わせて言ったが、拒みはしなかった。

まして湯上がりだから、陽介も遠慮なく全ての指の股にヌルッと舌を割り込ませ、桜色の爪を嚙んで隅々まで味わった。

もう片方の足も充分に愛撫すると、やがて彼は沙織をうつ伏せにさせた。

踵から脹脛《ふくらはぎ》を舐め、うっすらと汗ばんだ膝の裏側から太腿、尻の丸みを舐め上げた。

美人妻の肌は、どこもスベスベと滑らかで心地良かった。

腰から背中を舐め回し、肩まで行って甘い匂いの髪に顔を埋め、うなじからまた背中を下降し、脇腹にも寄り道した。

「アア……、変になりそう……」

沙織が身をくねらせて喘いだ。

おそらく彼女の夫は、これほど丁寧な愛撫などしていないのだろう。

しかも、ここのところ夫婦生活もなく放っておかれていたようだから、その感じ方は激しかった。

再び彼女を仰向けにさせ、陽介は白く滑らかな内腿を舐め上げ、股間に顔を迫らせていった。

「ああ……、恥ずかしい……」

沙織が顔をのけぞらせて悶え、息を弾ませて言った。

露天風呂ではあまり観察しなかったが、楚々とした茂みが実に色っぽく、ワレメからはみ出す花びらも興奮に色づいて、ネットリとした大量の愛液にまみれていた。

陽介は、吸い寄せられるように、沙織の中心部にギュッと顔を埋め込んでいった。

「アアッ……！」

沙織がビクッと顔をのけぞらせて喘ぎ、内腿できつく陽介の顔を締め付けてきた。

彼はもがく腰を抱え込み、鼻をこすりつけて茂みの隅々を嗅いだ。生ぬるい湯上がりの匂いに、彼女本来の体臭がほんのり甘く籠もっていた。

舌を這わせると、淡い酸味の愛液がトロリと感じられ、愛撫を滑らかにさせた。陽介は舌先で、襞の入り組む膣口を掻き回してから、ツンと突き立ったクリトリスまで舐め上げていった。

「アア……、そこ、気持ちいい……」

沙織が身を弓なりに反らせて喘ぎ、ヒクヒクと白い下腹を波打たせた。

陽介も舌先を真珠色の光沢を放つクリトリスに集中させ、溢れる蜜をすすっては愛撫を続けた。

「も、もうダメ……、いきそう……」

やがて沙織が声を上げ、腰をよじって彼の愛撫から逃れようとした。

やはり、早々と果ててしまうのを惜しんだのだろう。

陽介は素直に股間から這い出し、添い寝していった。そして激しく勃起したペニスを彼女に押しつけ、手を導いて握らせた。

「硬いわ……」

沙織が小さく言い、やんわりと手のひらに包み込んで動かしてくれた。

陽介は快感に喘ぎながら、徐々に彼女の顔を股間へと押しやった。

すると沙織が顔を移動させて行き、ペニスに顔を迫らせた。

陽介は、熱い視線と吐息を感じながら幹を震わせた。

沙織もようやく口を寄せ、チロリと伸ばした舌先で先端に触れ、尿道口から滲む粘液を舐め取ってくれた。

「ああ……、気持ちいい……」

今度は陽介が喘ぐ番だ。

すると沙織は勇気を得たように舌の動きを活発にさせ、張りつめた亀頭を含んで吸ってくれた。

どうやら多くの欲求を抱えている彼女は、相手の悦ぶことが好きらしい。きっと亭主も、悦びを口に出したりしないタイプだから、物足りなかったのだろう。

「ンン……」

さらに喉の奥まで深々と呑み込み、沙織は熱い鼻息で恥毛をそよがせながら、上気した頬をすぼめて吸い、内部ではクチュクチュと舌を蠢かせてくれた。

たちまち陽介自身は美人妻の清らかな唾液に、生温かくどっぷりと浸り込んだ。

やがて彼女はスポンと口を引き離すと、陰嚢にも舌を這わせ、二つの睾丸を転がし、袋全体を唾液にまみれさせた。

そして再びペニスの裏側をツツーッと舐め上げ、チロチロと先端を舐めてからスッポリと呑み込んだ。

「も、もう……」

陽介も、丁寧な愛撫に高まり、暴発を堪えて声を洩らした。

そして腰をよじると、ようやく沙織は口を引き離した。

(今日は、「秘所《ひしょ》の上下攻《うえしたこう》」を試してみようか……)

陽介は、最近読んだ『性愛之術』の記述を思い出し、実行してみることにした。

彼は身を起こし、布団に座ったまま沙織を正面から抱き寄せた。

沙織も、導かれるまま素直に彼の股間に跨って、身体を迫らせてきた。

下から、唾液に濡れた先端を突き出すと、沙織もワレメを押し当て、位置を定めながらゆっくりと受け入れていった。

「ああッ……！」

ヌルヌルッと潜り込むと、彼女は熱く喘ぎ、根元まで柔肉に呑み込んで股間を密着させてきた。

陽介も、美女の熱く濡れた肉壺《にくつぼ》に潜り込み、襞の摩擦と締め付けに包まれて快感を噛み締めた。

やはり、これほどの美人だと、対面で交わり、艶めかしい表情を見る体位が最も興奮するのだった。

《座っての対面交接《たいめんこうせつ》を行いたる後《あと》は、女の体を仰向《あおむ》けに倒すべし。その時、玉茎《たまぐき》が抜けぬよう、股《また》を女の股間《こかん》に押し付けながら、女の膝《ひざ》を折り曲げて、更《さら》に男は両《りょう》の膝を床につけ、女の尻を少し浮かせるとよろし》

やがて陽介は、記述の通りに彼女を仰向けにさせていった。


「アアッ……、こんな感じ、初めてです……」

沙織が、キュッときつく彼自身を締め付けながら言った。

陽介も、ペニスが抜け落ちないよう股間を押しつけて沙織の膝を曲げさせ、彼女の尻を浮かせるように自分の膝を下に割り込ませていった。

《そして女の両膝を押し開き、股を密着させると、玉茎が深々《ふかぶか》と女陰《じょいん》の中に入るな

り》

陽介は、その通りに沙織の股を全開にさせて股間を押しつけると、ペニスは最も深いところまで入った。

「あう……、すごいわ。奥まで響く……」

沙織が目を閉じ、顔をのけぞらせて呻きながら、久々のペニスを味わうように膣内を収縮させた。

《指で恥骨《ちこつ》を押しつつ、小刻《こきざ》みに震わせ、玉茎で女陰の上壁を擦《こす》れば、秘所《ひしょ》が上下《うえした》から刺激されて女は身悶《みもだ》えるなり》

陽介は股間を密着させたまま、内部でヒクヒクと幹を上下に震わせ、指で茂みの奥にある恥骨のコリコリに触れ、微妙なタッチで圧迫した。

「アアッ……、いい気持ち……」

沙織はきつく締め付けながら喘ぎ、クネクネと身悶えた。

まだピストン運動をしていなくても、今にも昇り詰めそうに高まり、ぼうっと恍惚《こうこつ》の表情を浮かべていた。

愛液も、まるで粗相したかのように大量に湧き出し、互いの接点をビショビショに濡らしていた。

陽介は恥骨を指で刺激しながら徐々に腰を突き動かしはじめ、もう片方の指では乳首を愛撫した。

股間をしゃくり上げるようにすると、亀頭のカリ首が膣内の天井を強くこすり、沙織もそれを激しく求めるように腰を動かしはじめた。

「アア……、い、いきそう……、もっと強く奥まで……」

沙織が貪欲に腰を使って言い、ヒクヒクと全身を波打たせながら絶頂の急坂を昇りはじめたようだった。

もう陽介も我慢できなくなり、律動を激しくさせながら内部を掻き回した。動きに合わせ、ピチャクチャと淫らに湿った音が響き、もうここまできたら、テクニックなど必要なくなってしまった。

陽介は手を離して身を重ね、汗ばんだ肌を密着させて股間をぶつけるように動きはじめた。

「い、いく……、アアーッ……！」

沙織は下から両手で激しく彼にしがみつき、声を上げてガクガクと狂おしく腰を跳ね上げた。

それは、近くの部屋で寝ている亭主に聞こえてしまうのではないかと思えるほど、激しいオルガスムスだった。

膣内の収縮も最高潮になり、たちまち陽介も大きな絶頂の渦に巻き込まれ、昇り詰めてしまった。

「く……！」

突き上がる快感に呻き、彼は胸で柔らかく弾む乳房を押しつぶしながら、ありったけの熱いザーメンをドクンドクンと勢いよくほとばしらせた。

「あうう……、熱いわ……！」

噴出を感じ取った沙織が駄目押しの快感を得たように呻いて言い、呑み込むようにキュッキュッと内部を締め付け続けた。

陽介は激しく動き、沙織の熱く甘い息を嗅ぎながら、最後の一滴まで出し尽くし、徐々に動きを弱めていった。

「ああ……、すごい……」

沙織は何度もオルガスムスの波を受け止め、肌を震わせながら呟いた。そして全身の硬直を徐々に解いて、ぐったりと身を投げ出していった。

陽介も、息づく肌に身を預け、かぐわしい美女の息を間近に嗅ぎながら、うっとりと快感の余韻を嚙み締めた。

まだ膣内はモグモグと名残惜しげに収縮を繰り返し、刺激されるたびペニスが過敏にピクンと反応した。

「うちの人、何も知らないで眠っているのね……」

荒い呼吸とともに、沙織が言った。

彼女もまた、陽介以上に背徳の快楽に溺《おぼ》れていたようだ。

陽介は呼吸を整え、せっかくの超美人妻だから、もう一回ぐらいチャレンジしようと思い気を引き締めた。

そして今回、一人旅をして本当に良かったと思ったのだった。

町の独身女医

「膝《ひざ》頭《がしら》の閉《とじ》開《ひらき》攻《こう》」を試す

《脚《あし》を攻める際は、膝頭《ひざがしら》も忘るることなかれ。とりわけ其《そ》の側面は、日頃何《なに》物《もの》にも触れぬ処故《ところゆえ》、感ずること甚《はなは》だしき。先《ま》ず、膝頭の丸みに従いて、恰《あたか》も球《たま》を掴《つか》むが如《ごと》き形にした指五本の爪先《つめさき》を置くべし。そして手を緩《ゆる》やかに上下させ、指にやや力を加えながら、五本揃《そろ》えて閉じ或《あ》いは開くとよろし。其の後《のち》、五指《ごし》の閉じ開きを施《ほどこ》した膝頭の丸みに沿いて、舌を円状に這《は》わせれば、女は悦《えつ》の境地に打ち震えるなり》

――『性愛之術《せいあいのじゅつ》』（明治初期）より

「夏風邪は大したことはないようですね。喉の痛みもすぐ治まるので、お薬を出しておきましょう」

「はい、分かりました」

女医の吉村美保《よしむらみほ》が言い、陽介は、この三十半ばの眼鏡美女に見惚れながら頷いた。

暑さの厳しい毎日、彼はクーラーの効いた部屋でばかり仕事をし、食欲が無くなって体調を崩してしまったのだ。

喉が痛くて、それで会社を早退し、近所の内科医を訪ねたのである。

平日の夕方ということで、他の患者は誰も居らず、医院も陽介の診察を最後にして今日は閉めるようだった。

彼女は、ほっそりとして清楚な眼鏡美人だ。白衣の裾《すそ》からスラリと伸びる、パンストの脚が実に形良かった。

その美保が、カルテに陽介の診察データを記入しながら、さっきから何やら、しきりに脚をさすっていた。

「脚を、どうかされましたか？」

「ええ、座りっぱなしなので、どうしてもむくんでしまって。年中さすって血行を良くしているんですが」

陽介が気になって言うと、美保も振り返って答えた。

「僕も座り仕事の時はよくむくみますよ」

「何か良い方法はないのでしょうか……」

彼女は、自分の脚を見ながらつぶやいた。

「それなら、脚のマッサージをしてみましょうか？　僕は自分で調べていて得意ですので。脹脛の真ん中あたりにある承山《しょうざん》というツボがむくみに効果的と思いますが」

陽介は、彼女の美貌に魅せられながら思いきって言うと、警戒心を解くため、いかにも詳しそうにツボの名も加えた。

「ええ、でも……」

当然ながら、美保はためらった。

「どうかご安心を。前から、困っている人を放っておけない性分なんです。それに診察していただいたお礼に」

陽介は、下心を見透かされないよう笑顔で言った。

「そう、私はツボは詳しくないから、じゃ少しだけお願いしてみようかしら。診察も野上さんで最後ですので……」

美保は、まだ少しためらいがちに言って立ち上がり、眼鏡を外して置くと診察ベッドの方に来た。切れ長の目が現れ、素顔も実に美形だった。

一人だけいる看護師は、受付で事務を執《と》っているようなので、呼ばない限りこちらには来ないらしい。

美保はサンダルを脱いで診察ベッドにうつ伏せになり、陽介も彼女の脚の方に迫っていった。

白衣の裾からは、パンストに包まれた脹脛とアキレス腱、踵と足裏が投げ出されていた。

「では」

陽介は断り、脹脛の承山に指圧を加えていった。パンストを通して、柔肌の心地良い弾力が押し返すように伝わってきた。

「ああ……、いい気持ち……、上手だわ……」

美保が顔を伏せたまま言い、次第に緊張を解いてうっとりと力を抜いてきた。

陽介も、美人女医に触れられる悦びを噛みしめながら熱心に指圧をし、両の脹脛を充分に揉みほぐした。

ふんわりと甘い匂いが漂い、白衣の丸いお尻も艶めかしく息づいていた。

陽介は、脹脛を充分に揉みほぐし、踵から足裏にも指圧をし、パンスト越しに指先にも触れていった。

爪先はうっすらと汗と脂の湿り気があり、陽介は鼻を押し当てて嗅ぎたい衝動に駆られながらもマッサージを続けた。

「ああ……」

美保は、効くたびに小さく声を洩らし、すっかり彼に身を任せきっていた。

「腰や背中もしてみますか？」

すでに白衣の腰を指圧しながら言うと、

「ええ、お願い……」

美保は心地よさそうに小さく答え、白衣の奥で熟れ肌を息づかせた。

陽介は、彼女がうつ伏せなのを良いことに近々と屈み込み、黒髪の甘い匂いを嗅いだり、あるいは白衣の裾の奥の方を覗き込んだりしてしまった。

パンスト越しに白いショーツがうっすらと透けて見え、いつしか陽介は激しく勃起してしまった。

「ああ、気持ちいいわ。ここのところ疲れていたので体中が痛くて……」

美保が、陽介に腰から背中まで指圧されながら言った。

（「膝頭《ひざがしら》の閉開攻《とじひらきこう》」を試してみようか……）

陽介は、最近読んだ『性愛之術』の新しい記述を思い出した。

今まで脚への愛撫は、「太腿《ふともも》の三方攻《さんぽうこう》」や、「膝裏《ひざうら》・脹脛《ふくらはぎ》の同時擦《どうじさつ》」などは経験しているが、膝は初めてなのだ。

《脚《あし》を攻める際は、膝頭《ひざがしら》も忘るることなかれ。とりわけ其《そ》の側面は、日頃何物《なにもの》にも触れぬ処故《ところゆえ》、感ずること甚《はなは》だしき》

彼は美保の脚に戻り、膝の裏に当たるヒカガミから膝頭の左右に指を這わせていった。

「う……」

微《かす》かに彼女が呻いて、ビクリと下半身を反応させた。

陽介も、最初は触れるか触れないかというソフトなタッチで愛撫し、たまに力を入れてさすった。

指圧から愛撫に切り替えると、心なしか美保の反応も悩ましくうねるように変化し、呼吸も弾んできたようだった。

「良かったら、仰向けになりませんか。膝も効くので」

言うと、美保もノロノロと寝返りを打ち、仰向けになってくれた。白衣の胸も、仰向けになると形良い膨らみが強調されてきた。

陽介は、膝小僧に指を這わせはじめた。

それにしても、診察に来て、自分が白衣の美人女医を寝かせて処置しているというのも夢のように興奮する状況だった。

彼女も、すっかり神妙に身を任せ、長い睫毛を伏せてじっとしていた。

《先《ま》ず、膝頭の丸みに従いて、恰《あたか》も球《たま》を摑《つか》むが如《ごと》き形にした指五本の爪先《つめさき》を置くべし。そして手を緩《ゆる》やかに上下させ、指にやや力を加えながら、五本揃《そろ》えて閉じ或《ある》いは開くとよろし》

陽介は記述の通りに手のひらを膝小僧の丸みに押し当てると、五本の指を上下に動かし、力の緩急をつけながら閉じたり開いたりした。

「アア……、何だか……」

美保が熱く喘ぎ、じっとしていられず、くすぐったいような感じるような、艶めかしい腰の反応をした。

甘ったるい匂いが生ぬるく揺らめき、陽介は、彼女が徐々に性的な興奮を高めてきたのではないかと確信した。

《其の後《のち》、五指《ごし》の閉じ開きを施《ほどこ》した膝頭の丸みに沿いて、舌を円状に這《は》わせれば、女は悦《えつ》の境地に打ち震えるなり》

さすがに舌は使えないので、陽介は指の動きを活発にさせ、美人女医の膝頭を執拗に愛撫した。

「ああ……」

美保が喘ぎ、完全に指圧の心地よさとは違う声のトーンになっていた。

身悶える反応も、次第に激しくなり、あるいはもう下着の中は濡れはじめているのではないかとさえ思えた。

確かに、膝などへの愛撫は通常行わないだろうし、彼女の反応を見ても、仕事上のストレスのみならず、性的な欲求不満も相当に溜まっているようだった。

陽介は、今さらながら『性愛之術』に書かれた愛撫の効果に驚きつつ、次第に濃く揺らめく美女のフェロモンに、激しく興奮していった。

陽介は、左右の膝頭を念入りに愛撫し、彼女の反応を見ながら、大丈夫だろうと他の部分にもそっと触れはじめた。

脛《すね》へと指を這い下ろし、再び膝頭に戻り、さらに白衣の裾の中にも手を差し入れていくようにして、むっちりとした内腿にも触れていった。

もう、どこに触れても美保は敏感にビクッと反応するようになっていた。

しかも、さらなる愛撫を求めるように両膝を開いてきたのである。

「アア……、何だか、私……」

美保は、快感にのめり込みたい気持ちと戸惑いの中で声を震わせて言った。

「大丈夫ですか。だいぶ感じすぎるみたいですが」

陽介は、微妙なタッチで愛撫を続けながら言った。

「ええ……、独身で、身体中の凝《こ》りをほぐしてくれる人もいないものですから……」

美保が、薄目で熱っぽく彼を見上げて答えた。しかも、陽介の方に身体をすり寄せてくるような仕草を見せた。

「そうですか。身体中の凝りは放っておかない方がいいですね。よろしければ、脚だけでなく身体の他の部分にも触れて構いませんでしょうか……」

陽介が言うと、美保が息を弾ませた。

「他の部分って……？　あう！」

彼が股間に指を差し入れると、美保が息を詰めて呻き、内腿でキュッと彼の手を挟み付けてきた。

股間は温かく、ショーツとパンストに覆われた中心部には熱気と湿り気が悩ましく籠もっていた。

さらに陽介は、もう片方の手で白衣の胸にもタッチした。

柔らかな感触が伝わり、奥の鼓動まで響いてくるようだった。

ほっそりと見えるが、案外胸も太腿も肉づきが良いようだ。

陽介は、指先でワレメを探り、クリトリスのあたりに見当をつけてそっと愛撫し、左手も、乳首のありかを探るように指先を這わせていった。

「ああ……」

美保はクネクネと身悶えながら喘ぎ、生ぬるく甘ったるい体臭を揺らめかせた。

陽介はくすぐるように指先で最も感じる部分を探り、白衣の胸にも執拗に愛撫を繰り返した。

「アア……、いい気持ち……」

美保は喘ぎながら内腿で彼の手を締め付け、自分も彼に手を重ね、胸に押しつけて動かしてきた。

相当に感じやすく、それに診察台で愛撫されるという状況にも興奮しているようだった。まして隣室には看護師がいるのである。

美保は、陽介の愛撫に少しもじっとしていられないようにクネクネと身悶え続けた。

しかし、やはりまだ冷静な部分も残していたのだろう。

急に動きを止め、

「ま、待って……」

美保が小声で言った。

看護師に聞かれないようにするためらしいので、陽介も愛撫の手を止め、屈み込んで耳を寄せた。

「看護師を帰しますので、そのあと奥のベッドでお願い……。少し、待合室で待っていてください……」

美保が、甘い息を弾ませて囁き、陽介もいったん手を引っ込めた。

奥のベッドとは、心電図を計ったりするためのもので、この診察台より大きめのものがあるのだろう。

「分かりました。では後ほど」

陽介は頷き、高まる興奮を抑えながら診察室を出た。指を嗅ぐと、ほんのりと熟れたフェロモンが感じられた。

受付では、看護師が何も知らずに事務を終えたところだった。

そして奥の診察室から渡されたカルテを見て、陽介のために薬を処方してくれた。

がらんとした待合室で、陽介は勃起しながら期待に胸を高鳴らせていた。

もう完全に、奥のベッドで最後まで進展してしまうことだろう。初めて来た医院で、美人女医とそのようなことになるなんて、夢のようだった。

「野上さん」

看護師に呼ばれ、陽介は薬をもらって保険証を返してもらい、代金を支払った。

「まだ、先生のお話があるようですので、もう少しお待ち下さい」

看護師が言い、陽介はソファに戻った。

すると間もなく、着替えを済ませた看護師が奥の美保に挨拶をし、陽介の前を横切って会釈をし、そのまま医院を出て行った。

これで、美保と二人きりだ。

その美保が眼鏡を掛け、すぐに出てきて戸締まりをした。

「じゃ、奥へどうぞ」

期待と興奮に声を震わせて言われ、陽介も従った。

僅かの間に、美保が冷静に戻ってしまったらどうしようかと思っていたが、かえって期待を高めたようで、陽介は濃くなった甘い匂いを追うように、美保の後から診察室へと入っていった。

「女陰《じょいん》側壁《そくへき》と内腿《うちもも》擦《さつ》」を使う

《女を仰向《あおむ》けにして交接《こうせつ》したる後は、玉茎《たまぐき》を女陰《じょいん》に挿《さ》し入れたるまま、折り曲げた女の片脚を伸ばすべし。其《そ》の伸ばした脚の上に男は跨《またが》り、もう片方の脚を腕で支えたまま、女陰を奥深く突くのがよろし。女陰の側壁が強く擦《こす》られ、女は上壁《うわかべ》と一風《いっぷう》異なる快《かい》の妙味《みょうみ》を得るなり。同時に、伸ばした女の脚の内腿《うちもも》を玉袋にて擦るべし。空いた手にて脇腹や陰核《いんかく》も攻めれば、善《よ》がりの呻《うめ》きは止《とど》まることを知らぬなり》

――『性愛之術《せいあいのじゅつ》』（明治初期）より

「それではお願いします」

やや緊張気味に美保が言い、眼鏡を外して置き、奥の診察ベッドに横たわった。やはり看護師が帰り、二人きりとなると淫靡《いんび》な興奮も倍加してきたのだろう。

陽介も、白衣で横たわる美保を見下ろして激しく興奮し、股間を熱くしていた。

そしてさっきと違うことに気づいた。

美保の白衣の裾から伸びる脚が、ナマ脚になっていたのだ。どうやら陽介を待たせている間に、彼女はパンストを脱いでしまっていたようだ。

いや、それだけではない。白衣の胸の膨らみにも、ぽっちりとした乳首のありかが分かるではないか。

では、ブラも外しているのだろう。

(まさか……)

或《ある》いは下着も脱ぎ去っており、すでに美保は白衣の下に、何も着けていないのではないかと思った。

とにかく陽介は膝頭《ひざがしら》への愛撫を再開させ、彼女もすっかりその気のようだから、さっきは出来なかった舌による愛撫も行なうことにした。パンストが脱がれているのも好都合である。

膝小僧に指を這わせながら屈み込み、膝頭の丸みにそっと舌を這わせた。

「あッ……!」

美保が声を上げ、弾かれたようにビクリと反応した。

間を置いたから、感覚が醒めたかと思ったが、期待によりかえって研ぎ澄まされているようだ。

もちろん拒む様子はないので、陽介は舌先で円を描くようにさらに膝小僧を舐め、指の愛撫も続行しながら左右とも刺激した。

「アア……、き、気持ちいい……」

もう誰もいないので、美保は遠慮なく声を洩らし、クネクネと腰をよじらせて反応した。

そして両の膝が開いたので、陽介は舌を使いながら白衣の裾の奥を覗き込んだ。

すると、思っていたとおり彼女は下着も脱ぎ去っており、黒い茂みと、ヌメリを宿して光沢のある割れ日を覗かせていた。

陽介は激しく胸を高鳴らせ、膝に指を這わせながら顔を移動させると、美保に唇を重ねていった。

「ンンッ……！」

彼女も熱く呻いて吸い付き、陽介の肩に手を回してしっかりと抱きすくめてきた。

柔らかな唇が心地良く密着し、熱く湿り気ある息を弾ませた。美人女医の息には、ほんのりと甘いハッカ臭が含まれていた。彼を待たせている間に、口中清涼剤を使ってしまったのだろう。

それだけ、美保も最後まで行なう覚悟で臨んでいるようだった。

舌を差し入れ、滑らかな歯並びを舐めると、すぐに彼女もチュッと吸い付いて舌をからみつかせてきた。

陽介は滑らかに蠢く舌を味わい、美女の唾液と吐息に酔いしれた。

そして白衣の胸に手を這わせると、明らかにノーブラと分かるように、コリコリする乳首が指に触れた。

「あぁッ……」

美保が顔をのけぞらせて口を離し、淫らに唾液の糸を引いて喘いだ。

陽介は顔を移動させ、彼女の甘い匂いの髪に顔を埋め、そっと耳朶を吸い、首筋を舐め下りながら白衣のボタンを外していった。

そして左右に開くと、形良く息づく乳房とほんのり汗ばんだ柔肌、そして股間の翳《かげ》りまでが露《あらわ》になった。

陽介は舌で胸まで這い下り、なだらかな膨らみをたどっていった。

着痩《きや》せするたちなのか、案外乳房は豊かで乳首も乳輪も初々しい薄桃色をしていた。

例によって麓を責め、充分に焦らしてからようやく乳首を指で刺激し、舌を這わせて含んでいった。

「ああ……、き、気持ちいい……」

美保が喘ぎ、クネクネと身悶えるたびに甘ったるい汗の匂いを馥郁と揺らめかせた。

陽介は両の乳首を充分に舐め、顔中を膨らみに押しつけて感触を味わってから、乱れた白衣の中に潜り込んで、腋の下にも鼻を埋め込んでいった。

「アア……、駄目、くすぐったいわ……」

美保が、彼を胸に抱えるようにして悶え、さらに甘く濃厚な体臭を立ち昇らせた。

陽介はジットリ汗ばんだ腋を舐め回し、美女の匂いを心ゆくまで堪能してから、さらに肌を舐め下りていった。

愛らしいオヘソを舐め、張りつめた下腹部に移動し、やがて彼女の脚を開かせ、その間に腹這いになって、滑らかな内腿を舐めながら中心部に迫っていった。

「アア……、恥ずかしい……、そんなに見ないで……」

大股開きにさせて顔を寄せると、美保が腰をよじって喘いだ。医者として、人の身体を見るのは何でもないが、自分が見られるのは久々なのだろう。

やはり仕事が忙しく、もう何ヵ月も遊ぶ暇がなかったようで、相当に欲求が溜まっているようだった。

ましで神聖な職場の、日頃人を見ている診察台で見られるという、禁断の興奮も加わっているのだろう。

恥毛は薄い方で、割れ目からはみ出す陰唇は興奮に色づき、すでに大量の愛液に潤っていた。

陽介は顔を進め、柔らかな茂みに鼻を埋め込んだ。隅々には生ぬるく濃厚な汗の匂いが甘ったるく籠もり、舌を這わせると淡い酸味の愛液が溢れてきた。

舌先で、襞の入り組む膣口をクチュクチュと掻き回し、滑らかな柔肉をたどってクリトリスまで舐め上げていくと、

「アアーッ……!」

美保は激しく身を反らせて喘ぎ、内腿でムッチリと彼の顔をきつく締め付けてきた。

ツンと突き立ったクリトリスを舌先で弾くように舐めると、彼女の白い下腹がヒクヒクと波打ち、さらに新たなヌメリが湧き出してきた。

「ま、待って……、すぐいきそう……、どうか私にも……」

と、美保が言いながら身を起こしてきた。どうやら、あまりに久々なので、早々と

昇り詰めてしまうのを惜しんだのだろう。

もっと舐めていたかったが、美保が懇願するように言うので、彼もいったん身を起こし、服を脱いだ。

たちまち全裸になって診察ベッドに横になると、身を起こした美保が、すぐに彼の股間に屈み込み、屹立したペニスの先端にしゃぶり付いてきた。

「ああ……」

陽介は、激しい快感に喘いだ。

まさか診察ベッドで、全裸に白衣だけ羽織った本物の美人女医に愛撫されるなど夢にも思わなかったものだ。

「ンン……」

美保は喉の奥まで呑み込んで熱く鼻を鳴らし、彼の恥毛を息でくすぐった。そして口で丸く締め付けて幹を吸い、内部ではネットリと舌がからみついて、たちまちペニス全体は温かな唾液に心地良くまみれた。

さらに彼女は貪るように顔を上下させ、スポスポと濡れた口で強烈な摩擦を行ってきたのだ。

「ま、待って……」

今度は陽介が降参する番だった。やはりここで果ててしまうのはあまりに惜しい。

すると、やはり美保も一つになりたいようで、すぐにスポンと口を離してくれた。

再び彼女を仰向けにさせ、陽介は入れ替わりに身を起こしながら、最近『性愛之術』で読んだ、「女陰側壁《じょいんそくへき》と内腿擦《うちももさつ》」を試してみようと思った。

《女を仰向《あおむ》けにして交接《こうせつ》したる後は、玉茎《たまぐき》を女陰《じょいん》に挿《さ》し入れたるまま、折り曲げた女の片脚を伸ばすべし》

陽介は美保の股間に身を割り込ませ、唾液にまみれた先端を割れ目に押しつけ、位置を定めてゆっくりと挿入していった。

ヌルヌルッと心地よい肉襞の摩擦に包まれながら根元まで入れると、

「ああッ……！」

美保が顔をのけぞらせ、熱く喘いだ。

陽介は深々と貫き、美人女医の温もりと感触を味わった。

そして記述の通り、股間を密着させたまま美保の片方の脚を伸ばさせた。

《其《そ》の伸ばした脚の上に男は跨《また》り、もう片方の脚を腕で支えたまま、女陰を奥深く突

くのがよろし》

陽介は、伸ばさせた美保の右足に跨り、上になった脚を抱えて股間を交差させた。

美保は、やや右向きになり、性器のみならず内腿までが触れ合って密着感が増した。

「アア……、気持ちいい……」

美保が腰をくねらせ、モグモグと膣内でペニスを味わうように締め付けながら喘いだ。陽介は徐々に腰を突き動かし、何とも心地良い摩擦を味わった。

《女陰の側壁《そくへき》が強く擦《こす》られ、女は上壁《うわかべ》と一風《いっぷう》異なる快《かい》の妙味《みょうみ》を得るなり》

なるほど、通常のピストン運動とは、内壁の当たる位置が違って、新鮮な快感があるかのように、美保が悶えていた。

《同時に、伸ばした女の脚の内腿《うちもも》を玉袋にて擦るべし。空いた手にて脇腹や陰核《いんかく》も攻めれば、善《よ》がりの呻《うめ》きは止《とど》まることを知らぬなり》

陽介は次第に激しくリズミカルに律動しながら、彼女の内腿に陰嚢をこすりつけるように腰をくねらせ、さらに手を伸ばして乳房や脇腹を愛撫した。

そして股間にも指を挿し入れ、クリトリスを刺激しながら動き続けた。

「ああ……、すごいわ……、こんなの初めて……」

美保が声を上ずらせて喘ぎ、自らもクネクネと股間を動かして律動を強めた。

愛液は、粗相したかと思えるほど大量に溢れて動きを滑らかにさせ、互いの股間をビショビショにさせた。

なおも激しく股間をぶつけるように動き続けていると、

「い、いきそう……、もう駄目……!」

たちまち美保が声を震わせ、膣内の収縮を活発にさせてきた。

どうやら効果は充分と見て、やがて陽介は抱えていた彼女の脚を下ろし、ペニスが引き抜けないよう注意しながら股間を押しつけ、挿入したまま跨いでいた脚を元の位置に戻した。

昇り詰めるときは、正常位にしたかったのだ。この体位では、乳首も吸えないし唇も重ねられないからだ。

あらためて身を重ねていくと、今度こそ美保も下から激しく両手を回してしがみつき、ズンズンと股間を突き上げてきた。

陽介は屈み込んで左右の乳首を吸い、生ぬるく甘ったるい体臭を味わった。

そして腰を突き動かしながら白い首筋を舐め上げ、唇を合わせていった。

ネットリと舌をからめ、清らかな唾液をすすると、息苦しくなったようにすぐに美保が口を離して顔をのけぞらせた。

　喘ぎすぎて口が渇き気味になってきたのか、甘い吐息も少し濃厚になり、その刺激が悩ましくペニスに伝わってきた。

　そこでさらに激しく律動すると、

「い、いっちゃう……、アアーッ……！」

　たちまち美保が声を上げ、ガクンガクンと狂おしい痙攣を開始し、オルガスムスに達してしまった。

　膣内の収縮が最高潮になり、続いて陽介も、股間をぶつけるように動きながら絶頂を迎えていった。

「く……！」

　突き上がる大きな快感に呻き、熱い大量のザーメンをドクドクと勢いよく内部にほとばしらせた。

「アア……、熱いわ、もっと……！」

　膣内の奥深い部分に直撃を受けて噴出を感じ取ると、美保は駄目押しの快感の中で口走った。

　陽介は柔肌を組み敷きながら腰を使い、心おきなく最後の一滴まで出し尽くした。

そして、すっかり満足して徐々に動きを弱めていった。

「アア……、こんなにすごいなんて……、溶けてしまいそう……」

美保も満足げに吐息混じりに言い、全身の強ばりを解いてグッタリと身を投げ出してきた。

まだ膣内は名残惜しげに締まり、過敏になったペニスがピクンと跳ね上がって天井を刺激した。

「あう……」

美保はビクッと反応して呻き、暴れるペニスを押さえるように、さらにキュッときつく締め付けてきた。

陽介は力を抜き、美人女医の甘い吐息を間近に嗅ぎながら、うっとりと快楽の余韻を嚙み締めたのだった……。

人気パティシエの甘美

「尻《しり》の掌《しょう》握《あく》攻《こう》」を試す

《臀部《でんぶ》を形作る筋肉は女陰《じょいん》と直《じか》に繋《つな》がる故《ゆえ》、其《そ》れを巧《たく》みに攻《せ》めること即《すなわ》ち、掌《てのひら》を女陰への愛撫《あいぶ》に等しき快《かい》を与えるなり。其の際《さい》、臀部は脂肪《しぼう》厚き為《ため》、掌を使い満遍《まんべん》なく強めに揉《も》むこと肝腎《かんじん》なり。左右の尻肉《しりにく》に沿わせた両《りょう》の掌を、縦《じゅう》横左《おうさ》右《ゆう》に震《ふる》わせ、或《あ》いは円を描《えが》く様《よう》に廻《まわ》すべし。尻の割れ目が開くのを再び締め付けようと、女は身悶《みもだ》えながら、忽《たちま》ちのうちに下腹全体が疼《うず》きを催《もよお》し、堪《たま》らず男の玉茎《たまぐき》を欲《ほっ》するなり》

――『性愛之術《せいあいのじゅつ》』（明治初期）より

「ああ、良かった。一個残っているなら、それを下さい」

陽介は会社の帰り、近所にある小さなパティスリーに寄って言った。

ここは人気の店で、昼間は行列が出来るほどだった。

陽介は、食品メーカーに勤めている関係で、様々な食べ物に興味があるが、特に和洋の甘いものが好きなのだった。いわゆるスイーツ男子である。

今日は閉店間際なので諦めていたのだが、彼の好きな、手作りレアチーズケーキが一個だけ残っていたので、それを注文した。

「いつも有難うございます。野上さん」

いつもお店にいる女性が、可憐な笑顔で言った。前に予約したことがあるので、彼女は陽介の名を覚えてくれたのだ。

二十代半ばほどか、小柄で色白、愛くるしい顔立ちは少女の面影を残し、ポニーテールの実に清らかな娘だった。

また店のエプロンと、キャップも可愛らしい。スイーツで何かの賞を取ったらしく、その賞状が店内にあり、彼女の名は後藤涼子《ごとうりょうこ》だと知っていた。

普段、店の奥には若い男がいるから、共同経営なのだろうが、今日はもう閉店時間だからか姿は見えなかった。

「レアチーズケーキですね。お待ち下さい」

涼子は箱を出し、ショーケースからケーキを取り出そうとした。しかし、最後の客と思って気が緩んだか、あるいは他に心配事でもあるのか、ケーキがトングの間から滑り落ち、床に落ちてしまったのだ。

「あ……！」

陽介と涼子は、同時に声を洩らした。

「も、申し訳ありません……、最後の一個なのに……」

涼子は呆然とし、片付けも忘れて床を見つめて言った。

「い、いや、大丈夫。気にしなくていいですよ。また買いに来ますから」

「済みません……、私、最近ミスばっかりしていて……」

顔を上げた彼女は、少し涙ぐんでいた。何やら陽介は、自分が悪いことをして女の子を泣かしたような気になり、慌てて言った。

「何か心配事でも？」

「彼とうまくいってなくて……」

涼子は、素直に答えた。陽介のことを、年上の、優しくて頼りになる小父《おじ》さんと思ってくれたのだろう。

「店にいるのが彼？」

「はい、彼氏ですけれど最近冷たくて。何かと私のケーキが良くないって文句ばかり言うし、今日も片付けをしないで先に帰ってしまいました」

涼子の話では、二人は専門学校で一緒だったらしく、意気投合してこのパティスリーをはじめたようだ。

「そう、でも良きパートナーなんでしょう？」

「いいえ、何だかケンカばかりで、今はお店にいるのが気まずくて。やっぱり、四六時中一緒で、忙しすぎるというのは良くないんでしょうか」

「でも、貴女《あなた》は無くてはならない人だと彼は思っているでしょう。そのうちしっくりいくようになりますよ」

「そうでしょうか……」

「ああ、だから元気を出して。じゃ僕が片付けを手伝ってあげましょう」

「そんな、お客様に……」

涼子は言い、急いで自分で処理しようとした。

しかし、そのとき彼女はうっかり、落としたケーキを踏んで、ツルリと滑ってしまったのだ。

「うわ、大丈夫……？」

思い切り転倒してしまった涼子に驚き、陽介は慌ててショーケースを回り込んで彼女に近づいた。

「い、いたたた……、お尻を打ってしまいました……」

涼子が顔をしかめて言い、陽介は助け起こしながら、まずは奥に見えているソファへと彼女を移動させた。

彼女も陽介にしがみつき、甘ったるい匂いを揺らめかせながら、素直にソファに横たわったのだった。


「どのあたりを打ったのですか？　僕はツボやマッサージに詳しいから、痛みを和らげることが出来ると思いますよ」

「でも、何だか恥ずかしいです……」

陽介が言うと、涼子は少しためらった。

ソファはゆったりとし、二人でも寝そべられるほど大きかった。あとで聞くと、彼が仮眠用に買ったものらしい。

「大丈夫、心配しないで。すぐ処置した方が楽になりますからね」

言うと、涼子も横向きになって、スカートのお尻を彼の方に突き出してきた。

やはり彼女は、痛みと、諸々の悩みで心細く、誰かに縋《すが》りたい気持ちだったのかも知れない。

「このあたりです……」

「そう、じゃ失礼して触れますよ」

陽介は言い、そっとスカートのお尻に触れ、癒《い》やすように撫で回した。

「あ……」

「ここですね。じゃ少し辛抱して」

陽介はさすりながら言い、最近『性愛之術』で読んだ、「尻《しり》の掌握攻《しょうあくこう》」というものを試してみようと思った。

《臀部《でんぶ》を形作る筋肉は女陰《じょいん》と直《じか》に繋《つな》がる故《ゆえ》、其《そ》れを巧《たく》みに攻めること即《すなわ》ち、女陰への愛撫《あいぶ》に等しき快《か》を与えるなり》

記述を思い出しながら、涼子の形良く丸みのある尻を撫でさすった。

柔らかさと弾力が実に程よく、奥からはムッチリとした若々しい張りと温もりも伝わってきた。

《其の際《さい》、臀部は脂肪《しぼう》厚き為《ため》、掌《てのひら》を使い満遍《まんべん》なく強めに揉《も》むこと肝腎《かんじん》なり》

陽介は、指ではなく掌全体を押しつけるようにして揉んだ。

「あ……、ああ……、少し、痛みが治まってきました。何だか、気持ちいい……」

涼子が、顔を伏せたまま、うっとりと喘いだ。

お尻に触れている陽介こそ気持ち良く、ふんわり立ち昇る甘い匂いにも鼻腔を刺激されて股間が熱くなってきてしまった。

しかもスカートの裾からは、膝裏のヒカガミや柔らかそうな脹脛もニョッキリと伸びているのだ。

彼女はソックスなので、ストッキングは穿《は》いておらず、色白のナマ脚の眺めも実に良かった。

打ったのは、お尻の右側の膨らみだ。

陽介はそこを重点的に擦ってやり、時には反対側の丸みや、尾骶骨《びていこつ》のあたりまで指を這わせた。

もう涼子はすっかり彼に任せ、心地良さそうに身を投げ出していた。

打ち身は、撫でているうち実際すぐに治まったのだろう。

また、彼氏はお尻など愛撫しないだろうから、新鮮な感覚だったのかも知れない。

強く押すと、お尻の弾力が伝わり、心地良く押し返してくるようだった。実に健康的で、若々しい張りに満ちていた。

《左右の尻肉《しりにく》に沿わせた両《りょう》の掌を、縦横左右《じゅうおうさゆう》に震《ふる》わせ、或《あ》いは円を描《えが》く様《よう》に廻《まわ》すべ

し》

陽介は、そのように両手を駆使して涼子のお尻を揉んだ。

《尻の割れ目が開くのを再び締め付けようと、女は身悶《みもだ》えながら、忽《たちま》ちのうちに下腹全体が疼《うず》きを催《もよお》し、堪《たま》らず男の玉茎《たまぐき》を欲《ほっ》するなり》

双丘を開かせるように揉み続けると、なるほど、涼子はそれを閉じようと谷間を引き締めた。

それが、同時に性器をも刺激する形になるのか、次第に彼女の呼吸が熱く忙《せわ》しげに変化してきた。

「ああ……、いい気持ち、とっても……」

涼子が言うので、陽介はさらに勇気を出し、そろそろとスカートをめくり上げ、白い下着の上から掌での圧迫を続けた。

涼子は拒まず、布一枚減っただけでも、さらに激しい反応を示して腰をくねらせはじめた。

陽介は双丘に両掌を押し当て、圧迫しながら小刻みに震わせるようにマッサージしてやった。

そして内腿の付け根にも触れ、滑らかな肌触りに興奮を高めていった。

（ここまでくれば、もう大丈夫かな……）

すっかりその気になってしまった陽介は、欲求不満らしい涼子のお尻を刺激しながら、徐々にショーツの中心部にも、真下から触れはじめていった。

下着の上からお尻の谷間に触れ、そっと割れ目の方にまで指を移動させた。

すると、繊維を通して、中の湿り気が伝わってくる感触があった。

どうやら、中はすでにジットリと濡れているようだ。

さらに彼は、大胆にもショーツの中にまで指を差し入れてしまい、お尻の丸みから割れ目の方へと指先を移動させていったのだった。

「あん……！」

しかし涼子が声を上げ、ビクッと身を震わせると、そこで恥ずかしがるように腰をよじり、とうとう身を起こしてきた。

「も、もう充分です……」

涼子が、頰を染め、息遣いを荒くさせて言った。

拒んだのではなく、興奮が高まって激しい羞恥に見舞われたのだろう。

陽介は、努めて冷静を装って言った。

「それにしても、彼はひどいですね。先に帰ってしまうなんて」

「ええ……、夜中まで帰ってこないことも年中です……」

涼子は、打ったお尻を庇《かば》うように、陽介の方に少しだけ身体を傾けてソファに座って答えた。

陽介も並んで座り、漂うフェロモンに陶然となった。

「じゃ、夜の営みの方も？」

「もう半年以上、何もありません。それに私も、彼とはエッチしたくなくなっているので……」

「でも、欲求が溜まって、したくなるときもあるでしょう？」

「するなら、野上さんのように優しい人の方が……」

涼子が言うので、もう我慢できず、陽介は行動を起こしてしまった。

彼女の肩を抱き寄せて顔を迫らせ、そっと唇を重ねていったのだ。

すると涼子は拒まず、長い睫毛を伏せて唇を押しつけてきてくれた。

陽介は、柔らかく弾力ある唇の感触を味わいながら、そろそろと彼女の口の中に舌を差し入れていった。

滑らかな歯並びを舐めると、涼子も歯を開いて受け入れてくれた。

彼女の吐息は熱く湿り気があり、まるでショートケーキのイチゴのように、可愛らしく甘酸っぱい芳香が含まれていた。

舌をからめると、滑らかな感触とともに、生温かくトロリとした唾液が心地良く彼の舌を濡らした。

陽介が夢中になって舌を蠢かせると、

「ンンッ……！」

涼子も熱く鼻を鳴らし、チュッと強く彼の舌に吸い付いてきた。

陽介は長いディープキスを続けて美女の唾液と吐息を貪り、ようやく口を離し、そろそろと胸に手を伸ばしていった。

すると、涼子がビクリと硬直した。

「ま、待ってください……」

涼子が言って立ち上がった。さすがに拒まれるのかと思ったが、

「お店を閉めてきます」

彼女は言って、店へ戻っていった。歩く様子を見ても、もうお尻の打撲は大したことがないようだ。

涼子は営業中のプレートを仕舞い、入り口を内側からロックした。

そして窓にブラインドを下ろし、お店の灯《あか》りを消してから、またこちらへと戻ってきたのだった。

どうやら涼子は、本格的にここで行なう気になってしまったようだ。

そして彼女はエプロンを外し、ソファの背もたれを倒して、完全にベッドにしてしまった。

陽介がブラウスの胸にタッチすると、もう涼子は拒まなかった。

彼はボタンを外してゆき、緊張に震える指で服を脱がせていった。

まさか年中通っているパティスリーの店内で、彼女とこのようになるなど夢にも思っていなかった陽介は、興奮のあまり激しく勃起した。

そして期待に胸を高鳴らせて、涼子に迫ったのだった。

「後《うし》ろ並《なら》び背《はい》観《かん》攻《こう》」を使う

《女を横向きにして交接《こうせつ》したる後は、自ら横向きに寝そべり、女の尻に腹をぴたりと宛《あ》てがい、挿《さ》し入れたる玉茎《たまぐき》で女陰《じょいん》を擦《こす》るべし。大きな所作《しょさ》を以《もっ》て擦れば、其《そ》の雁首《かりくび》によって、女陰から肛門《こうもん》に至る密《ひそ》やかな急所《きゅうしょ》を強く刺激できるなり。互いに向き合わず羞恥《しゅうち》の念《ねん》薄れる故《ゆえ》、悦楽に没頭できるのもよろし。更《さら》に男、背《せ》を観ながら乳頭《にゅうとう》や陰核《いんかく》を指にて摩《さす》れば、女、体を海老《えび》のように丸め、恍惚《こうこつ》に悶えるなり》

――『性愛之術《せいあいのじゅつ》』（明治初期）より

「ああ……、恥ずかしい……」

一糸まとわぬ姿になった涼子が、健康的な肢体をくねらせて喘いだ。

陽介も、手早く全裸になって添い寝していった。

まさか行きつけのパティスリーで、しかも日頃から女性客たちで賑《にぎ》わう店内で行なうとは夢にも思わず、陽介は自分の女性運の良さに恐ろしくなりながら、涼子に肌を密着させていった。

あらためて唇を重ねると、彼女も激しく舌をからめてきた。

陽介は可愛らしく甘酸っぱい息の匂いに酔いしれ、生温かく清らかな唾液をたっぷりすすって、そろそろとオッパイに手を這わせていった。

膨らみは実に柔らかく、若々しい弾力に満ちていた。

彼は例によって麓を重点的に責め、焦らしながらようやく指の腹でコリコリと乳首をいじった。

「ンンッ……！」

涼子が熱く呻き、チュッと彼の舌に吸い付きながらのけぞった。

陽介もようやく唇を離し、耳たぶを噛み、甘い匂いの髪にも鼻を押しつけてから、白い首筋を舐め下りていった。

そして膨らみに舌を這わせ、色づいた乳首にチュッと吸い付いた。

「ああッ……！」

涼子がビクッと身を反らせ、熱く喘いだ。

陽介は乳首を舌で転がし、もう片方にも移動して含み、柔らかな膨らみに顔中を押しつけて感触を味わった。

今日も一日中、彼女は立って働いていたから、肌はほんのり汗ばみ、胸元や腋からは何とも甘ったるい匂いが漂ってきていた。

陽介は左右の乳首を代わる代わる充分に愛撫してから、彼女の汗ばんだ腋の下にも顔を埋め、濃厚な甘ったるいフェロモンで胸を満たした。

彼女はくすぐったそうにクネクネと悶えていたが、さらに陽介が脇腹を舐め下りると、とうとう耐えきれずゴロリと寝返りを打ってしまった。

陽介は、そのまま彼女の滑らかな背中を舐めた。

スベスベの肌は淡い汗の味がし、さらにお尻の丸みに迫り、さっき床に打ちつけた場所を観察してみた。

双丘の片方が、さすがに少し痛々しく青アザになっていたが、大したことはなさそうだった。

陽介は、お尻への愛撫を再開させ、最初はソフトに、次第に強く舌と指を這わせていった。

「あッ……」

涼子が、声を洩らしてビクッと震えた。

スカートの上からではなく、直《じか》に触れると、やはり反応も大きかった。

陽介は柔らかな丸みに舌を這わせ、顔中を押しつけて弾力を味わった。

彼女は腰をくねらせて悶え、谷間には薄桃色の可愛らしいお尻の穴も見えていた。

やがて陽介は彼女を再び仰向けにさせ、片方の脚をくぐり、涼子の股間へと顔を迫らせていった。

楚々とした恥毛が柔らかそうに茂り、ワレメからはみ出す花びらは熱い愛液にネットリとまみれていた。

そっと指で陰唇を広げると、細かな襞が花弁状に入り組んだ膣口が息づくように収縮してヌメヌメと潤い、真珠色の光沢を放つクリトリスもツンと包皮を押し上げて突き立っていた。

堪らずに顔を埋め込み、柔らかな茂みに鼻をこすりつけると、そこは汗の匂いが悩ましく籠もり、彼女自身の体臭も混じっていた。

ほんのりと、彼の好きなレアチーズケーキに似た匂いが鼻腔を刺激し、陽介は夢中になって美女の匂いを貪り、濡れた柔肉に舌を這わせた。

舌先でクチュクチュと膣口を掻き回し、淡い酸味のヌメリをすすりながらクリトリスまで舐め上げていった。

「アアッ……、き、気持ちいい……！」

涼子は激しく喘いで身を反らせ、白く滑らかな内腿でムッチリと彼の顔を締め付けてきた。

陽介はクネクネともがく腰を抱えて執拗に舐め回し、美女の味と匂いに自分も激しく高まっていった。

「も、もうダメ……」

やがて、絶頂を迫らせた涼子が言って腰をよじり、陽介もいったん舌を引っ込めて再び添い寝していった。

すると、今度は涼子が身を起こし、彼の股間に顔を埋めてきたのだった。

「ああ……」

陽介は、先端を舐められて喘いだ。涼子は滑らかに舌を這わせ、彼の股間に熱い息を籠もらせながら、スッポリと根元まで呑み込んでくれた。

温かく濡れた口の中でチロチロと舌が蠢き、たちまち陽介自身は美女の温かな唾液にどっぷりと浸り込んだ。

さらに彼女は夢中になって、顔全体をスポスポと上下させ、強烈な摩擦を行なってきたのだ。

やはり彼とのケンカで、相当に欲求が溜まっているのだろう。

「も、もういい……」

今度は陽介が降参する番だった。果ててしまう前に腰を引くと、涼子も素直に口を引き離してくれた。

また添い寝すると、陽介は最近『性愛之術』で読んだ、「後《うし》ろ並《なら》び背観攻《はいかんこう》」を行なってみようと思った。

打ったお尻は、かえって感じやすいと判断したのだ。

「いい？　じゃ後ろから……」

陽介は言い、涼子を横向きに寝かせ、背後から迫った。

そして急角度にそそり立つペニスを、涼子のお尻の方からワレメに押し当て、彼女もお尻を突き出すようにして位置をしっかり定めてくれた。

やがてグイッと股間を押しつけると、激しく勃起したペニスは、ぬるぬるっと滑らかに吸い込まれた。肉襞の摩擦を受けながら陽介は快感を噛み締め、そのまま深々と貫くと、涼子の丸いお尻が下腹部に心地良く密着して弾んだ。

「アアッ……！」

涼子が激しく喘ぎ、味わうようにキュッキュッと締め付けてきた。

陽介は背後から抱きすくめ、甘い匂いの髪に顔を埋めながら、細かな記述を思い出してそれに従った。

《女を横向きにして交接《こうせつ》したる後は、自ら横向きに寝そべり、女の尻に腹をぴたりと宛《あ》てがい、挿《さ》し入れたる玉茎《たまぐき》で女陰《じょいん》を擦《こす》るべし》

陽介は、そのように密着しながら徐々に腰を突き動かしていった。

《大きな所作《しょさ》を以《もっ》て擦れば、其《そ》の雁首《かりくび》によって、女陰から肛門《こうもん》に至る密《ひそ》やかな急所《きゅうしょ》を強く刺激できるなり》

彼は次第に大きく動き、膣内とお尻の谷間まで、股間でしゃくり上げるように摩擦するよう心がけた。

《互いに向き合わず羞恥《しゅうち》の念《ねん》薄れる故《ゆえ》、悦楽に没頭できるのもよろし》

なるほど、確かに涼子も背を向けているし、顔を見られないためか喘ぎも動きも激しくなっていった。

やはり女性にとっては、明るい場所で顔の表情や身体の正面を見られるのは激しい羞恥なのだろう。

《更《さら》に男、背を観ながら乳頭《にゅうとう》や陰核《いんかく》を指にて摩《さす》れば、女、体を海老《えび》のように丸め、恍《こう》惚《こつ》に悶えるなり》

陽介は涼子の悶えの高まりを観察しながら、背後から手を回し、まずはオッパイを揉みしだいた。

そして指の腹で乳首を圧迫し、更に肌を撫で下りて股間を探っていった。

閉じがちな内腿を優しく開かせていくと、中心部は大量の愛液でビショビショになっていた。

茂みを掻き分け、ゆっくりとワレメに沿って指を這わせ、コリッとした突起を優しくいじりはじめた。


「ああ……、いい気持ち……」

涼子は激しく喘ぎ、さらに腰の蠢きを活発にさせてきた。

大量に溢れる愛液が律動を滑らかにさせ、動きに合わせてクチュクチュと淫らに湿った摩擦音が響いてきた。

陽介は激しく高まり、腰を使いながらクリトリスを愛撫し、股間に当たって弾むお尻の感触に酔いしれた。

そしてのしかかるようにして耳朶を噛むと、彼女も懸命にこちらを振り向き、舌を伸ばしてきた。

互いに、ようやく届いた舌を滑らかに舐め合い、陽介は清らかな唾液を味わい、甘酸っぱい果実臭の息に高まった。

膣内の収縮も活発になり、すでに彼女は何度も絶頂の波を迫らせてヒクヒクと柔肌を震わせていた。

陽介も、果てそうになると動きを弱め、また呼吸を整えて律動を続けた。

すると、とうとう涼子は限界に達してしまったようだった。

「い、いく……、アアーッ……！」

涼子が声を上ずらせ、ガクンガクンと狂おしい痙攣を開始し、激しいオルガスムスに達してしまった。

陽介も、膣内の艶めかしい収縮の中、続いて絶頂を迎えた。

「く……！」

突き上がる快感に短く呻き、彼は股間をぶつけるように激しく動いた。同時に、熱い大量のザーメンが勢いよくドクドクとほとばしった。

「あう……、熱いわ、もっと……！」

奥深い部分を直撃され、熱い噴出を感じ取った涼子は、駄目押しの快感を得たように口走った。

陽介は背後から涼子を抱きすくめ、柔らかな髪に顔を埋め込んで匂いを嗅ぎながら、心ゆくまで快感を貪った。そして心おきなく最後の一滴まで出し尽くし、徐々に動きを弱めていった。

「アア……、こんなの初めて……」

涼子も、徐々に肌の硬直を解きながら、満足げに声を洩らした。

まだ名残惜しげに膣内の締め付けが続き、刺激された亀頭が過敏にビクッと内部で跳ね上がった。

「あん、ダメ……、暴れないで、感じすぎるわ……」

涼子は敏感に反応し、ペニスの脈打ちを押さえつけるように、さらにきつくキュッと締め付けてきた。

ようやく互いに動きを止め、荒い呼吸を繰り返した。

陽介は肌を密着させ、美女の感触と温もり、髪の匂いに包まれながら、うっとりと快感の余韻を嚙み締めた。

「後ろからがこんなに感じるなんて……、それに、これほど丁寧にしてもらったの初めてです……」

涼子が、荒い息遣いとともに言った。それに合わせ、膣内がモグモグと収縮した。何やら陽介は、繋がったまま刺激され、余韻から醒めると同時に、再び急激にムクムクと回復してきてしまった。

やはり、パティスリーの明るく爽やかなイメージと、淫靡な行為とのギャップに激しく興奮しているのだろう。

それに、彼女が相当に飢えているなら、続けざまにするのも良いと思った。

「あん……、また中で硬く……」

涼子も気づき、再び声を震わせ、尻をくねらせてきた。

「いいかな、続けてしても……」

「そんなに出来るんですか……。私の彼氏は、続けてなんか最初の頃からしてくれませんでした……」

涼子が言い、彼氏の話題が出るたびに陽介の胸には嫉妬混じりの対抗意識が湧いてきてしまった。

こんなに素晴らしい女性を可愛がらないとは、何てバカな男だろうと思った。もちろん口には出さず、陽介は再び腰を動かしはじめた。

そして彼は身を起こし、涼子を仰向けにさせ、繋がったまま正常位へゆっくり移行していった。

やはり仕上げは、可憐な顔を間近に見ながら果てたかった。

「アア……」

正面から見られ、涼子が羞恥に激しく喘いだ。

陽介は次第に本格的に腰を使いはじめた。そして唇を重ね、執拗に舌をからめては生温かな唾液を貪り、果実臭の息を間近に嗅ぎながら高まっていったのだった……。

娘の担任教師

「尻《しり》の打擲《ちょうちゃく》攻《こう》」を試す

《脂肪《しぼう》厚き臀部《でんぶ》は、両《りょう》の掌《てのひら》で揉《も》み震わせながら強めに愛撫《あいぶ》する他、掌で幾《いく》度《ど》か叩《たた》くとよろし。一定の調子《ちょうし》をもって叩かれた尻肉《しりにく》は血の巡《めぐ》りが良くなる故《ゆえ》、女は快《かい》の源泉《げんせん》たるむず痒《がゆ》さを覚えるなり。無論《むろん》、劇《はげ》しすぎること勿《なか》れ。同時に、割れ目から外へ向かって指で摩《さす》り、舌で舐《ねぶ》ること、更《さら》に柔らかに嚙《か》むことを繰り返すべし。陰門《いんもん》周囲まで律動《りつどう》が伝わり、女、愈々《いよいよ》、秘部《ひぶ》に迫りし男に己《おのれ》の身を擲《なげう》とうと心に決めるなり》

――『性愛之術《せいあいのじゅつ》』（明治初期）より

「あなた、ちゃんと毎日栄養のあるもの食べてる？」

妻の良枝《よしえ》が、いつもの口調で陽介に言った。

秋になってすっかり涼しくなり、日も短くなってきたので、陽介は何となく物寂しい気持ちになり、久々に福岡の家に電話したのである。

しかし妻より、娘の声が聞きたかったのだ。

「ああ、大丈夫だよ。それより麻美《あさみ》と佳奈《かな》は？」

「佳奈は塾に行っているわ。じゃ麻美と代わるわね」

良枝が言い、中三になる長女の麻美が電話に出てくれた。

「やあ、元気にしているかい」

「ええ、パパも？」

久々に聞く娘の声に、陽介は胸がいっぱいになり、色々と雑談した。

すると麻美が言った。

「そうそう、私、再来月《さらいげつ》修学旅行で東京へ行くのだけれど、うちのクラスの高宮《たかみや》先生が下見で近々上京するんだって。羨ましいわ」

「へえ、あの先生が」

言われて、陽介は何度か面談で会い、話したことのある麻美の担任、高宮圭子《けいこ》の顔を思い浮かべた。

三十そこそこだが、実際には若く見える、ショートカットの可愛らしいタイプの国語教師だ。

陽介も、中高生の頃こんな綺麗な先生に教わったら、もっと勉強したのにと思ったものである。

「じゃあ、パパが東京案内でもしてやろうかな」

「うん、伝えておくね」

麻美はそう言い、もうしばらく雑談してから電話を切った。

そのときは流れで冗談を言ったつもりだったのだが、数日後の昼休み、何と圭子から陽介の携帯に電話が入ったのである。

「うわ、高宮先生ですか」

「ええ、ご無沙汰しております。いま上京しているのですが、もしよろしければ夕方でもお目にかかれませんでしょうか」

言われて陽介は舞い上がり、彼女のホテルが近いので東京タワーで待ち合わせることにした。

約束の時間に行くと、圭子はタワーの下で待っていてくれた。

「お久しぶりです。お変わりないですね」

「ええ、野上さんもお元気そうで。お嬢さんも、しっかり勉強していますよ」

陽介は、久々に見る担任教師の美しさに嬉しくなって笑顔で言うと、彼女もにこやかに答えた。

「今日は、旅行代理店の人とあちこち歩き回って疲れました。どこか、座ってゆっくりできる場所はないでしょうか」

「そうですか。じゃあ、そこにある蛇塚《へびづか》に行きましょうか」

「まあ、初めて聞く場所です」

「金運に御利益のある良いところですよ」

陽介は、自分も覚えたばかりの場所へ向かい、途中で缶ビールを買い込んだ。

そして蛇塚へ行き、ベンチに並んで座った。

「静かですね。こんな良いところがあるなんて」

缶ビールで乾杯し、圭子は閑静な周囲の林を見回して言った。都心とは思えない、隠れたパワースポットで、中には滝があり、お地蔵さんも佇《たたず》んでいる。

夕方のことで、他の人はいなかった。

陽介は、娘の学校での様子を圭子から聞き、ビールを飲んだ。

「でも、最近は悩みばっかりです」

圭子が、ほんのりと酔いも回ってきたか、すっかり砕けた口調になって言った。

「どんな悩みです？」

「言うことを聞かない生徒もいるし、親の中にもうるさい人もいるんです」

「でも、先生は綺麗だから、言い寄る人も多いでしょうに」

「そんな人いません。クラブ顧問の仕事があって毎日遅くまで学校にいるし、休日は予習で大変だから、男性と出会う機会もないんです」

圭子は言い、缶ビールを飲み干した。

「ごめんなさい。私なんだか、酔ってしまいました……」

「歩き回って疲れたのでしょう。構わないから、少しここで横になったらいいですよ」

圭子が言うので、陽介も思いきって言ってみた。

「そんな、恥ずかしいです……」

「構いませんよ。僕の膝に横になってください。そうだ。僕はマッサージが得意なのだけれど、疲れに効く環跳《かんちょう》というツボが腰にあるので、横になったら指圧してあげましょう」

本当はお尻にあるツボで、疲れではなく性感に効くのだが、陽介は安心させるように言った。

それほど彼は、この独身の美人教師に魅せられ、すっかり淫気を高めてしまったのである。

おそらく男子生徒たちも、夜毎《よごと》にこの先生の面影でオナニーしていることだろう。

それを思うと激しい興奮が湧いた。

「でも……」

「さあ、どうぞ」

ためらいがちな彼女を促すと、やがて圭子は言葉に甘え、陽介の膝に横になってきた。

太腿に彼女の温もりが伝わり、髪の香りに混じって、ほんのりと生ぬるく甘ったるいフェロモンが立ち昇った。

圭子も心地よさそうにしているので、陽介は、最初は子どもでもあやすように背中から撫ではじめ、徐々に手のひらを腰の方へと移動させていった。

肌の温もりと、滑らかな感触が伝わってきた。

そして彼は『性愛之術』で覚えた、「尻《しり》の打擲攻《ちょうちゃくこう》」を試してみようと思った。

《脂肪《しぼう》厚き臀部《でんぶ》は、両の掌《てのひら》で揉《も》み震わせながら強めに愛撫《あいぶ》する他、掌で幾度《いくど》か叩《たた》くとよろし》

陽介は記述の通り、腰から尻の丸みを撫でてゆき、膨らみにある環跳のツボを刺激してから、軽く叩くような愛撫をした。

圭子は嫌《いや》そうではなく、じっと気持ち良さそうにしていた。

最初はほろ酔いで眠いようだったが、さすがに父兄に膝枕された状態だと、眠気は覚め、むしろ心地よさを味わう態勢になっているようだった。

《一定の調子《ちょうし》をもって叩かれた尻肉《しりにく》は血の巡《めぐ》りが良くなる故《ゆえ》、女は快《かい》の源泉《げんせん》たるむず痒《がゆ》さを覚えるなり》

陽介が軽く叩き、ときに撫でさするうち、圭子の重みが太腿に強くかかってきた。遠慮も抜け、次第に肉体がリラックスしてきたようだ。

《無論《むろん》、劇《はげ》しすぎること勿《なか》れ。同時に、割れ目から外へ向かって指で摩《さす》り、舌で舐《ねぶ》ること、更《さら》に柔らかに噛《か》むことを繰り返すべし》

記述にはそうあるが、まだ口は使えないので、代わりに指で噛むような刺激も与え、緩急をつけて愛撫し続けた。

と、次第に圭子の肉体がうねうねと悩ましげに身悶えはじめ、呼吸も熱く弾んできたようだ。

《陰門《いんもん》周囲まで律動《りつどう》が伝わり、女、愈々《いよいよ》、秘部《ひぶ》に迫りし男に己《おのれ》の身を擲《なげう》とうと心に決めるなり》

彼女のお尻の丸みは実に心地良く、温もりと弾力が艶めかしく彼の手のひらに伝わってきた。

双丘の下になっている方にも手を這わせ、少々大胆な触れ方をしても大丈夫だろうと、ときにはワレメに沿って指を押しつけ、後ろから陰部の方にまで迫ったりしていった。

「アア……」

圭子が小さく喘ぎ、ピクンとお尻を震わせて反応した。

もちろん拒みはせず、歩き回った疲れが癒やされつつあり、しばらくは起き上がる気にならないようだった。

立ち昇る生ぬるい熱気も、甘い匂いが濃くなり、どうやら彼女は完全に性的興奮を得はじめているのだろう。

あるいは、すでに下着の中では熱い蜜が溢れ出しているのかも知れない。

今は彼氏がいなくても、過去に何もないわけはなく、三十前後なら、すでにそれなりの快楽も知っているに違いなかった。

さらに陽介がお尻を撫で回し、ツボを指圧し、丸みからワレメまで満遍なく擦り、たまにヒタヒタと叩いてやると、彼女はさらなる愛撫をせがむように身体を丸め、お尻を突き出してきたのだった。

「ああ……、とっても気持ちいいです。なんだか、力が抜けてしまいます。こんなに優しく触られたの、初めて……」

圭子がうっとりと言い、陽介も念入りにお尻を撫でさすった。

すると圭子が陽介の膝で仰向けになって、彼を見上げてきたのだ。

そうなると、もうお尻を撫でるわけにはいかなくなったが、その熱っぽい眼差しに、陽介は彼女の求めを察し、そのまま屈み込んでいった。

ピッタリと唇を重ねると、もちろん圭子は拒むことなく、長い睫毛を伏せて自分からも押しつけてきた。

柔らかな弾力と、吸い付くような唾液の湿り気を味わい、彼はそろそろと舌を差し入れていった。

白く滑らかな歯並びをたどると、

「あ……」

圭子が小さく声を洩らして、口を開いてきた。

熱く湿り気ある、甘酸っぱい果実のような匂いの息が弾み、圭子はネットリと舌をからみつかせてきた。

滑らかに蠢く美人教師の舌は、嚙み切ってしまいたいほど柔らかく、トロリとした生温かな唾液に濡れていた。

陽介は、圭子の唾液と吐息に酔いしれながら、お尻に手が届かないので、とうとうブラウスの胸の膨らみに、そろそろとタッチしてしまった。

「ンンッ……！」

圭子が熱く呻き、反射的にチュッと強く彼の舌に吸い付いてきた。

さらに乳房の麓から揉み上げ、焦らすようにしてから乳首あたりに指の腹を押しつけ、小刻みに動かした。

それでも圭子は熱烈に舌をからめ、下からしがみついてきた。

陽介もすっかり勇気を得て、さらに彼女の内腿を撫で上げ、股間に指を這わせてしまった。

そこは熱く、確実に中は濡れているだろうと思えた。

圭子のかぐわしい息遣いが激しくなり、痛いほど彼の舌に吸い付いてきた。

陽介も恥骨の膨らみを探り、執拗に美人教師の股間を攻めた。

圭子はキュッと内腿の付け根で彼の指を挟み付けてきたが、陽介は小刻みに指を這わせ、陰唇からクリトリスの位置まで探り、微妙なタッチで愛撫を繰り返した。

やがて、圭子がビクッと反応したかと思うと、

「ああッ……、も、もう、どうか……」

我慢できずに口を離し、熱く喘ぎながら言った。そして、懸命に力を入れて身を起こしてきたのだ。

「どうか、もう止めてください……」

「も、申し訳ありません……」

言われて我に返り、陽介は素直に謝ったが、ついつい狼藉《ろうぜき》をして、娘にまで影響があったらどうしようかと思った。

「いえ、ここでは困るので、もしよろしかったら私のホテルへ……」

圭子がモジモジと言い、陽介は有頂天になってしまった。やはり彼女は最初から拒んでおらず、すっかりその気になってくれたのだった。

「はい、ぜひ……」

言って二人で立ち上がり、静かな一角から抜け、蛇塚を出た。

陽介は、このパワースポットに心の中で礼を言った。

圭子は力が抜け、少し足元がふらつくようなので、陽介が支えると、圭子も彼の腕にしがみつき、身を寄せて歩いた。

「大丈夫ですか」

「ええ、何だか夢の中にいるようです……」

気遣って囁くと、圭子がとろんとした眼差しで答えた。

何しろ、あたりはすっかり日が暮れ、タワーがライトアップされ、しかも秘境のような一角から出てきたのだ。

彼方には都会のビル街が見え、秋風も火照《ほて》った頬に心地良く、実にロマンチックな夕暮れなのである。

そして二人は近くにあるホテルまで行き、圭子の部屋へ入ったのだった。

「横《よこ》向《む》き直《ちょっ》角《かく》攻《ぜ》め」を使う

《横向きに寄り添い、男が背面《はいめん》から交《まじ》わる態《たい》を取りたる後《あと》は、玉茎《たまぐき》を女陰《じょいん》から抜かぬまま、女の背中から身を離し、女を仰向《あおむ》けにするべし。同時に男、女の両脚《りょうあし》を体の脇に乗せると、古《いにしえ》より伝わる菊一文字《きくいちもんじ》の態になるなり。二人が直角《ちょっかく》に交わる此《こ》の態では、互いの脚が絡《から》まぬ美点《びてん》を生かし、快の在《あ》り処《か》と律動《りつどう》を自由に探るべし。恰《あたか》も臀部《でんぶ》を叩く様《よう》に、腰大きく動かせば、女の下《か》腹《ふく》全てが深き悦《よろこ》びに満つるなり》

――『性愛之術《せいあいのじゅつ》』（明治初期）より

（へえ、下見での上京なのに、わりと良い部屋を取ってもらえるんだな……）

ホテルの高層階にある圭子の部屋に入った陽介は、見事な夜景を見下ろして思った。

しかし圭子の方は、夜景どころではない。すっかり淫気が高まり、すぐに服を脱ぎはじめた。

陽介も手早く脱ぎ去り、たちまち二人とも一糸まとわぬ姿になって、ベッドに横たわってもつれ合った。

圭子は、シャワーを浴びる余裕も無いほど興奮しているようなので、ナマの匂いの好きな陽介には願ってもない展開だった。

顔を寄せると、圭子の方からしがみついて、熱烈に唇を重ねてきた。やはり、控えめにしていた屋外のベンチとは、打って変わって積極的になっていた。

柔らかな唇が密着し、熱く湿り気ある息が弾んだ。

陽介が、かぐわしい果実臭の息を嗅ぎながら舌を差し入れていくと、

「ンンッ……！」

圭子も鼻を鳴らし、強くチュッと吸い付いてきた。

ネットリと舌をからめ、美女の唾液と吐息を味わいながら、陽介がそろそろと胸に手を這わせていくと、

「ああッ……！」

圭子が、息苦しくなったように口を離して喘ぎ、淫らに唾液の糸を引いて顔をのけぞらせた。

陽介は移動して耳朶を吸い、甘い匂いの髪に顔を埋めてから、白い首筋を舐め下りていった。

滑らかな肌は、うっすらと汗の味がした。

そして乳房の麓を舐め、充分に焦らしてから、色づいた乳首に吸い付き、チロチロと舌で転がした。

「アア……」

圭子が熱く喘いで身悶え、さらに甘ったるいフェロモンを漂わせた。

陽介は、柔らかく弾力ある膨らみに顔中を押しつけて乳首を愛撫し、もう片方にも念入りに舌を這わせ、吸い付いた。

彼女は、少しもじっとしていられないほど身をくねらせ、悩ましく喘ぎ続けていた。

両の乳首を充分に愛撫すると、陽介は美人教師の腋の下にも顔を埋め込み、スベスベの肌に舌を這わせた。

そこはジットリと汗ばみ、甘ったるい芳香が濃く籠もっていた。その刺激が胸に沁み込み、さらにペニスにも伝わって陽介はうっとりと酔いしれた。

さらに柔肌を舐め下り、脇腹から腹の真ん中に移動し、愛らしい縦長のオヘソをチロチロと舐めると、

「ああッ……、ダメ、恥ずかしいわ……」

圭子が声を上ずらせ、ゴロリと寝返りを打った。

そのまま陽介は、彼女の滑らかな背中を舐め下り、白く丸いお尻に迫っていった。

そして双丘に手を這わせ、さらにベンチでは出来なかった舌による愛撫も加えた。

丸みに指と舌を這わせ、そっと歯を立てると、圭子の反応が激しくなった。

「アア……、もっと強く……」

彼女は熱く息を弾ませ、尻をクネクネさせて彼の顔に押しつけてきた。

陽介は弾力ある丸みを噛んで感触を味わい、手のひらで双丘を叩いた。

「あう……、いい気持ち……」

圭子は乱れに乱れ、陽介も、尻への刺激があまりに効果絶大なことに驚いた。

娘の麻美も、自分の担任教師と父親が淫らに戯《たわむ》れているなど、夢にも思っていないだろう。

陽介は美人教師のお尻を攻め続け、そっと後ろから股間を窺《うかが》うと、すでに大量に溢れた愛液が、内腿までネットリと濡らしているのを認めた。

そのまま彼は圭子を再び仰向けにさせ、片方の脚を潜《くぐ》り抜けて股間に顔を割り込ませていった。

清楚な美女に似つかわしくないほど、恥毛は情熱的に濃く、下の方は大量の愛液に濡れそぼっていた。

「ああ……、恥ずかしい……」

圭子が身をよじって喘いだが、拒みはしなかった。ワレメからはみ出す陰唇は興奮に濃く色づいて開き、奥の柔肉も艶めかしく息づいていた。

襞の入り組む膣口には、白っぽい粘液がまつわりつき、包皮を押し上げるようにツンと勃起したクリトリスも、綺麗な真珠色の光沢を放って愛撫を待っていた。

堪らずに陽介は顔を埋め込み、柔らかな茂みに鼻をこすりつけた。

隅々にある甘ったるい汗の匂いと、ほのかな残尿臭の刺激が鼻腔を悩ましく掻き回してきた。

舌を這わせると、ネットリとした淡い酸味の蜜が流れ込み、彼は膣口からクリトリスまで執拗に舐め回した。

「ああッ……、気持ちいい……！」

圭子は、ムッチリと内腿で彼の顔をきつく締め付け、何度かガクガクと腰を跳ね上げて喘いだ。

執拗にクリトリスを舐め、上唇で完全に包皮を剝《む》いて吸い付くと、

「あうう、ダメ、いきそう……、お願い、入れて、野上さん……！」

圭子が声を震わせてせがんだ。このまま舐められて果てるのを惜しみ、やはり一つになることを望んできたのだ。

陽介は、美人教師の味と匂いを存分に胸の奥に刻みつけてから顔を上げ、股間から這い出した。

挿入前に舐めてもらいたくて、彼は激しく勃起した先端を彼女の喘ぐ口に押しつけていった。

「ンン……」

圭子もすぐに張りつめた亀頭を含み、熱い鼻息で恥毛をそよがせながら、貪るように吸い付いてくれた。

男子生徒たちの憧れであろう美人教師の、毎日綺麗な声で授業をする口に、快感の中心を押し込むのは、実に誇らしいような感覚があった。

さらに圭子は喉の奥まで呑み込み、たっぷりと温かく清らかな唾液にまみれた肉棒に舌をからみつけてきた。

「ああ……」

今度は陽介が降参する番だった。彼は喘ぎながら未練を断ち切り、やっとの思いで口からペニスを引き抜いた。

そして位置を変え、挿入の段になると、陽介は『性愛之術』の記述にあった、「横《よこ》向《む》き直角攻《ちょっかくぜ》め」の技を思い出し、それを試してみようと思った。

まずは横向きになった圭子の背後から身を寄せると、後ろからワレメに先端を押し当て、ゆっくりと挿入していった。

「アアッ……！」

ぬるぬるっと心地よい肉襞の摩擦を受けながら根元まで貫くと、圭子が汗ばんだ背中を反らせて喘いだ。

お尻の丸みが彼の股間に心地良く密着して弾み、ペニスは熱く濡れた柔肉にキュッときつく締め付けられた。

陽介は、しばし動かず股間を密着させたまま、美人教師の温もりと感触を噛み締めながら記述を思い出した。

《横向きに寄り添い、男が背面《はいめん》から交《まじ》わる態《たい》を取りたる後《あと》は、玉茎《たまぐき》を女陰《じょいん》から抜かぬまま、女の背中から身を離し、女を仰向《あおむ》けにするべし》

陽介は、横向きの後背位のまま彼女の背中から身体を離し、徐々に彼女を仰向けにさせていった。

《同時に男、女の両脚《りようあし》を体の脇に乗せると、古《いにしえ》より伝わる菊一文字《きくいちもんじ》の態になるなり》

上から見ると、圭子が仰向けになり、交接した陽介は彼女の身体と直角になる形で横向きのまま交わり、彼女の両足が陽介の体の脇に載せられた形になる。

なかなか高度な体位であるが、陽介は圭子が今まで体験したことのない形やテクニックで悦ばせたいと思ったのである。

「ああ……、何これ……、こんなの初めて……！」

思った通り、圭子もこの体位に新鮮な驚きを覚えたように喘いで言い、密着した股間をグリグリとこすりつけるように動かしてきたのだった。

《二人が直角《ちよつかく》に交わる此《こ》の態では、互いの脚が絡《から》まぬ美点《びてん》を生かし、快の在り処《あか》と律動《りつどう》を自由に探るべし》

確かに、菊一文字の体位では脚をからめることは出来ない。しかし、そのぶん股間を自由に動かせるので、陽介もズンズンと腰を突き動かし、彼女の濡れた蜜壺の感触を心ゆくまで味わった。

「あぁッ……、気持ちいい……」

圭子も熱く喘ぎ、彼自身を締め付けながら高まっていった。

《恰《あたか》も臀部《でんぶ》を叩く様《よう》に、腰大きく動かせば、女の下腹《かふく》全てが深き悦《よろこ》びに満つるなり》

陽介は彼女の片方の脚を抱え、股間をぶつけるように突き動かした。

肌のぶつかる音に混じり、クチュクチュと湿った摩擦音が響いて彼女の快感も高まったようだ。

「い、いっちゃう……、アアーッ……！」

たちまち彼女は激しく口走りながら、ガクンガクンと狂おしい痙攣を開始した。

あまりに久々で、しかも陽介がじっくり愛撫したため、あっという間にオルガスムスに達してしまったようだった。

膣内の艶めかしい収縮も最高潮になり、続いて陽介も大きな絶頂の渦に巻き込まれてしまった。

「く……！」

突き上がる快感に呻き、彼は熱い大量のザーメンをドクドクと勢いよくほとばしらせた。

「ああ……、熱いわ……、もっと……！」

奥深い部分を直撃されると、圭子は駄目押しの快感を得たようにきつく締め付け、声を震わせて喘いだ。

陽介は最後の一滴まで心おきなく出し尽くし、すっかり満足しながら徐々に動きを弱めていった。

「アア……」

やがて完全に動きを止めると、圭子も満足げに声を洩らし、名残惜しそうにキュッキュッと彼自身を締め付けた。

陽介は彼女の感触と温もりの中で余韻を味わい、呼吸を整えた。

強ばりが解けていくと、締まりの良さとヌメリに、ヌルッとペニスが押し出されてしまった。

「ああ……野上さん、どうか、もっと……」

すると圭子が、言いながら彼の手を引っ張ったのだ。

「もう一度、今度はしっかり抱いてください……」

圭子が言う。

どうやら菊一文字の体位はなかなか無理があり、彼女はもっと胸を合わせて抱き合いたかったようだ。

なるほど、変わった体位は新鮮ではあるが、しっかりと抱き合わないと、久々の彼女は欲求を残してしまうのだろう。

もちろん陽介も、これほどの美女だから一度で終わらせるつもりはなかった。それに貪欲《どんよく》に求める美人教師の眼差しに、済んだばかりのペニスがムクムクと回復してきたのである。

そして彼が仰向けになると、すぐに圭子が上からピッタリと唇を重ねてきた。

熱く甘酸っぱい息が悩ましく弾み、彼の鼻腔を刺激してきた。舌がからまり、生温かく清らかな唾液が流れ込み、うっとりと喉を潤すと、いつしか陽介自身は完全に元の大きさに戻っていた。

「すごいわ……、もうこんなに……」

肌に触れる強ばりに気づき、口を離した圭子が感心したように囁いた。

「いいですよ、先生がお好きなようにして」

「私が上ですか……、恥ずかしいけれど……」

言うと、圭子はモジモジしながらも拒まず、回復した彼自身に跨ってきた。

まだ濡れている先端を膣口にあてがい、息を詰めてゆっくりと腰を沈み込ませ、深々と受け入れていった。

「アア……、すごいわ、奥まで当たる……」

圭子が顔をのけぞらせて喘ぎ、何度かグリグリと股間をこすりつけるように動かしてから、身を重ねてきた。

下からしがみつくと、彼女も陽介の肩に腕を回し、シッカリと身体の前面を密着させた。

すぐに彼女は腰を使い、再び絶頂を迫らせたように夢中になって動きはじめた。

「ああ……、すぐにまたいきそう……」

圭子が声を上ずらせて言った。

「アア……、圭子先生……」

陽介も快感に包まれて喘ぎ、何やら中学生に戻り、美人教師に手ほどきされているような錯覚に陥ったのだった。

若妻を試食

「うなじの羽《は》根《ね》触《ぶ》れ」を試す

《うなじに就《つ》いては、其《そ》処《こ》に生えたる産《うぶ》毛《げ》が快《こころよ》き性《せい》感《かん》を喚《かん》起《き》させる故《ゆえ》、摩《さす》る効果甚《はなは》だし。髪の毛の生え際を、恰《あたか》も、鳥の羽《は》根《ね》で撫《な》でるように、指の腹をゆっくりと上下させ、触れるか触れぬかの程度で愛《あい》撫《ぶ》すべし。やがて、うなじの中《ちゅう》腹《ふく》の秘《ひ》所《しょ》、所《いわ》謂《ゆる》、盆《ぼん》の窪《くぼ》を円状に幾《いく》度《ど》も摩るべし。其の後、細い息を吹きながら、歯を立てることなく、舌で舐《ねぶ》り続ければ、女、微《かす》かに恍《こう》惚《こつ》の吐《と》息《いき》を漏らしながら項《うなだ》垂れるなり》

――『性《せい》愛《あい》之《の》術《じゅつ》』（明治初期）より

「チゲラーメンいかがですか」

明るく通る可愛い声がして、陽介はスーパーマーケットの一角に目をやった。そこには試食コーナーがあり、エプロンを着た三十前後の美女が、煮込んだラーメンを小さなカップに盛って、通る人に渡していた。

普段はオバサンが試食コーナーにいるのだが、今日はとびきりの美女なので、思わず陽介もそちらへ行ってみた。

彼は食品会社に勤める仕事柄、自身の食生活にもこだわり、高価で高カロリーのコンビニ商品よりはスーパーで買う方が多かった。

今日も買い物籠《かご》に数種類の食材を入れて、店内を回っていたところだ。

「いかがですか。このチゲラーメンはピリ辛マイルドでローカロリー、一分で出来上がりますよ」

彼女が、近づいてきた陽介に笑顔で話しかけてきた。

長い黒髪をアップにし、白く美しい首筋が印象的だ。瞳が大きくて鼻筋が通り、実に整った顔立ちをしている。

胸のネームプレートには『小《こ》杉《すぎ》』と書かれていた。

「じゃ頂きます」

陽介は買い物籠を置いて言い、カップを受け取って食べてみた。

「ああ、本当に美味しい」

「有難うございます。私もチゲが好きなので、販売にも熱が入ります」

彼女がにこやかに言った。

「そう言えば、近所にもチゲの美味しい店が出来ましたね」

陽介は、チゲよりも彼女に魅力を感じ、離れがたい思いで言った。幸い、他の客もいなかった。

「そうですか。どこでしょう。行ってみようかしら」

彼女も、すぐに応じてきた。

「そうそう、確か今は特別キャンペーンで、男女のペアで行くと半額らしいです。よろしかったらご一緒しませんか」

陽介も、あまりに彼女の反応が良かったものだから、ダメ元でつい言ってしまっていた。

「まあ、そうなのですか。今日はあまり食事もしていないのでおなかがすいてしまいました」

意外にも彼女は乗り気になってきた。

「いつまでここにいるんですか？」

「あと三十分で上がりなのですけれど……」

彼女も、思わず周囲を見回しながら小声になって答えた。

「じゃ外でお待ちしていますよ。あ、僕は食品会社に勤めている野上と言います」

彼女が頷いたので、陽介はその場を離れた。他の客がこちらの試食コーナーにやってきたからだ。

寄り道をするので、彼は籠に入れた食材の中から生ものなどを陳列棚に戻した。そして日持ちするものだけを最小限に入れてレジに行き、会計を終えて外に出た。

そして待つうち、思ったより早く彼女が出てきた。すっぽかされることも考えたが、小走りに来てくれたので陽介は嬉しさで胸がいっぱいになった。

エプロンを外し、清楚な私服になった彼女は一層魅力的だった。陽介は一緒に歩き、近くにある韓国料理の居酒屋へと彼女を誘った。

道々話をすると、彼女は由紀恵《ゆきえ》という名で、二十九歳の主婦。子供が一人いるが、仕事のある日は実家の母親に預けているようだった。

やがて店に入ると混んでいて、空いているのは並んで座る個室ふうのカップルシートだけだった。

陽介は、密着するような席だったことを密かに喜び、料理を注文して生ビールで乾杯した。

「そう、野上さんは単身赴任ですか」

由紀恵は、陽介の話を聞いて言った。

「ええ、だから年中一人で食事するので、今日は嬉しいです。それで、ご主人は？」

「それが、今はしっくりいかずに別居しているんです」

何気なく訊くと、由紀恵は少し沈んだ表情で答えたのだった。


「そうですか、では色々と、心労やお仕事の疲れが溜まっているでしょう」

「ええ、だから今日は私もとっても嬉しいです」

二人は、運ばれてきた料理を食べながら話した。

「肩こりとかひどくないですか？」

やがてチゲ鍋を二人であらかた食べ終えると、陽介は言ってみた。

「はい、でもマッサージとかに行く余裕もないので……」

「得意なので、僕が少しマッサージしましょうか。首筋にある天柱《てんちゅう》というツボが、女性の肩こりに効くと言われています」

「でも、ご馳走になった上にそんなこと、何だか悪いです」

由紀恵は答えたものの、さして拒む素振りも見せないので、陽介は彼女の肩に触れ、首筋をそっと指圧してやった。

「ああ……、少し痛いけど、気持ちいいです……」

強く圧迫すると、由紀恵は少し身を強ばらせたが嫌そうではなく、次第にほぐれていくように、うっとりと力を抜いて身を預けてきた。

もちろん指圧も心地良いのだろうが、亭主と別居中で久しぶりに男に触れられ、モヤモヤした気分にもなってきたようだ。

「何だか、いつまでもしていてもらいたいような気持ちです……」

由紀恵が言い、陽介もすっかりその気になってきた。

「いいですよ。いつまでもして差し上げます」

陽介は言いながら指圧を続けていたが、ふと最近読んだ『性愛之術』の項目にあった、「うなじの羽根触《はねぶ》れ」を試してみようと思った。

《うなじに就《つ》いては、其処《そこ》に生えたる産毛《うぶげ》が快《こころよ》き性感《せいかん》を喚起《かんき》させる故《ゆえ》、摩《さす》る効果甚《はなは》だし。髪の毛の生え際を、恰《あたか》も、鳥の羽根で撫《な》でるように、指の腹をゆっくりと上下させ、触れるか触れぬかの程度で愛撫《あいぶ》すべし》

陽介は記述の通り、指の腹でそっと由紀恵のうなじの、髪の生え際あたりを微妙なタッチで触れた。

「あ……」

由紀恵は声を洩らし、ビクリと身を震わせて、思っていた以上の反応を示した。

「ごめんなさい、あんまり綺麗なうなじだったので」

「いいえ、構いません。少し驚いただけです……」

陽介が謝ると、由紀恵はモジモジとして消え入りそうな声で答えた。

どうやら、欲求不満が高まり、相当に感じやすくなっているようだった。それに仕事と子育てで、だいぶ疲労とストレスもあるのだろう。

陽介もあらためて触れ、白く滑らかなうなじを撫で回し、しなやかな黒髪にも指を這わせた。

由紀恵は、身構えるように息を詰めていたが、触れられるうち次第にうねうねと悶えるように身体を波打たせ、熱く呼吸を弾ませはじめた。

身体が密着するほど近いので、彼女の方からは何とも甘ったるい匂いが、生ぬるく漂ってきた。

やはり一日中立ち働いて、相当に汗ばんでいるのだろう。

若妻の艶めかしい匂いを感じ、うなじの感触を得ているうちに、陽介も身体を熱くさせて淫気を湧かせ、いつしか痛いほど勃起してきてしまった。

《やがて、うなじの中腹《ちゅうふく》の秘所《ひしょ》、所謂《いわゆる》、盆《ぼん》の窪《くぼ》を円状に幾度《いくど》も摩るべし。其の後、細い息を吹きながら、歯を立てることなく、舌で舐《ねぶ》り続ければ、女、微《かす》かに恍惚《こうこつ》の吐息《といき》を漏らしながら項垂《うなだ》れるなり》

舐めるわけにいかないので、彼は指だけで愛撫を続け、ときには髪を掻き分け、耳朶や耳の穴の回りにも触れた。

「ああ……」

由紀恵はか細く喘ぎ、ほろ酔いも手伝ってか、すっかり頬も耳も紅潮してきた。

もちろん彼は周囲にも気を配り、店員が見廻りに来ないか確認しながら愛撫を続けたのだった。

「アア……、何だか私、だんだん変な気持ちに……」

由紀恵がうっとりと喘ぎながら小さく言い、完全に陽介の方に身体を寄りかからせてきた。

「ごめんなさい、変な感じ方をさせてしまいましたか?」

陽介は彼女を横から抱き、温もりと感触を味わいながら囁いた。

「いえ、肩の凝りはほぐれたのですけれど、何だか身体が熱くなって……」

由紀恵は答えながら、一向に彼から離れず、横から身体を密着させてきた。

「もう、夫婦生活からずいぶん遠ざかってますか？」

「今年になって、まだ一度も……」

彼女が正直に答えた。

「それなら、相当に欲求も溜まっているのでしょうね……」

陽介も彼女の耳に口を付けるようにして囁き、なおもうなじを撫でながら、もう拒まれないと確信して、とうとう首筋に唇を触れさせてしまった。

「あ……」

由紀恵が、また小さく声を洩らしてビクリと身を強ばらせた。

甘い髪の匂いと肌の温もりが伝わり、そのまま陽介は記述の通り、舌先でそっとうなじを舐め、か細い息で肌をくすぐった。

「アア……、私、もう……」

由紀恵はヒクヒクと身悶えながら呼吸を荒くさせ、もう食事の続きどころではなくなってしまったようだ。

唇と舌が触れたという衝撃もあるだろうが、彼の呼吸も、相当に首筋を刺激したようだった。

そして彼はとうとう、うなじを舌と指で愛撫しながら、もう片方の手をブラウスの膨らみに這わせてしまった。

そして柔らかな感触を味わいながら、優しく揉みしだいた。

「く……」

それでも彼女は拒むことなく、息を詰めて喘ぎを堪えた。

由紀恵の乳房は実に柔らかく、着痩せするたちなのか、案外豊かなことが触れてみて分かった。

しかもブラウスとブラジャーに覆われていても、指先で探るとコリコリする乳首のありかが分かるほど、硬く勃起してきたようだった。

しかも漂う甘ったるい芳香も濃くなり、陽介は直に乳房から全身を愛撫したい衝動に駆られた。

さらに陽介は大胆な行動を起こし、乳房から放した手を、そっとスカートの中に潜り込ませてみたのだ。

由紀恵は、拒むようにキュッと内腿を引き締めたが、すぐにそろそろと開き、彼の指の侵入を許してくれた。

指先で、パンストとショーツに覆われた股間を探ると、熱いほどの温もりとほのかな湿り気が感じられた。おそらく、中はもう濡れているのだろう。

「ああッ……、の、野上さん……、どうか、もう……」

由紀恵が切れぎれに哀願し、未練を断ち切るように、やっとの思いで彼から身を離していった。

しかしそれは人の妻だからというためらいではなく、辛うじて残る理性で、店内という場所をわきまえたからのようだった。

「済みません。もう止《よ》します」

陽介も、我に返ったように身を離して答えた。

「いいえ、すっかり楽にはなったのですが、もっと続けて欲しいような気がします……。でも、ここでは……」

由紀恵が、熱っぽい眼差しで訴えかけるように言った。

「そうですね。では、ここを出て場所を変えましょうか。それなら、ゆっくりと凝りをほぐして差し上げられますので」

陽介は言い、余りのビールを飲み干して立ち上がった。

促すと、由紀恵も少しふらつきながら何とか立ち上がり、陽介はレジで支払いを済ませてから一緒に店を出たのだった。
すぐ裏の道に行けば、ラブホテルがあることを知っていた。
彼がそちらへ向かうと、由紀恵も足早についてきた。
もう彼女はためらいなく、完全にその気になっているのだろう。
やがて二人は密室を求めてラブホテルに入っていったのだった。

「秘所《ひしょ》の伏臥《ふくが》突《つ》き」を使う

《横向きに寄り添い、男が背面《はいめん》から交わる態《たい》を取りたる後《あと》は、互いの陰部《いんぶ》を結びつけたるまま、女をうつ伏《ぶ》せにする手も又《また》よきかな。腹這《はらば》いにした女の脚《あし》の間に男、両《りょう》の脚を割り入らせ、玉茎《たまぐき》で小刻みに突くべし。其《そ》の先端が、女陰《じょいん》の腹側の壁《かべ》に在《あ》る、天に導く秘所《ひしょ》に繰《く》り返《かえ》し当たり、女、感ずること甚《はなは》だし。加えて、うなじから背中、尻《しり》を撫《な》で摩《さす》れば、弛《たゆ》まぬ快に、顔を押し付けた枕を嚙《か》みて悶《もだ》えるなり》
——『性愛之術《せいあいのじゅつ》』（明治初期）より

「何だか、変な気持ち……、知っている町なのに、ここから見るなんて……」

ラブホテルの密室に入ると、由紀恵が窓を細く開け、自分の勤めているスーパーの建物を眺めながら言った。

陽介も背後から迫り、そっと窓を閉めながら彼女を後ろから抱きすくめた。

「ああ……」

由紀恵はすぐに声を洩らし、彼に寄りかかるように身を預けてきた。

陽介は甘い匂いのする黒髪に顔を埋め込み、鼻で掻き分けながらうなじに唇を押し当てた。

そして両手を回し、ブラウスの膨らみを優しく揉みしだきながら、そっと盆《ぼん》の窪《くぼ》から髪の生え際までたどっていった。

さっきは舌を使えなかったので、「うなじの羽根触れ」の続きである。

ブラウスの襟元《えりもと》からは、甘ったるい汗の匂いも生ぬるく漂い、その刺激が心地良く彼の股間に伝わってきた。

「あう……」

由紀恵が小さく呻いて身を強ばらせ、感じる部分に触れられるたび、ビクッと震えて反応した。

舌先で首筋から耳たぶまでたどると、舌の感触に加えて肌をくすぐる息にも彼女は肩をすくめ、クネクネと身悶えはじめた。

ブラウスの膨らみを揉む指が、徐々に乳首のあたりに迫って刺激し、さらに彼は勃起したズボンの股間を彼女の柔らかな尻に押しつけた。

当然彼女も気づいて意識するように、丸く形良い尻を蠢かせてきた。

そして左右の耳の裏側と、うなじ全体を満遍なく舌で愛撫すると、

「アアッ……、も、もう……」

由紀恵は立っていられないように熱く喘ぎ、彼に振り返ってきた。

陽介は熱烈に唇を重ね、一緒にベッドに座った。ほんのり唾液に湿って密着する唇の感触を味わい、舌を差し入れて滑らかな歯並びを舐めた。

由紀恵も、すぐに歯を開いてネットリと舌をからみつかせてきた。熱く湿り気ある吐息は果実のように甘酸っぱく、それに濃厚な刺激も含まれ、陽介は女の匂いに激しく興奮した。

「ンン……」

由紀恵は熱く鼻を鳴らし、彼の舌にチュッと強く吸い付いてきた。

陽介は美女の唾液と吐息に酔いしれ、充分に味わってから、ようやく唇を離した。

そしてブラウスのボタンを外してやると、しばし朦朧《もうろう》としていた由紀恵は、途中か

ら気が急《せ》くように自分で手早く脱ぎはじめてくれた。

陽介も全て脱ぎ去り、やはり一糸まとわぬ姿になった由紀恵をベッドに横たえた。

首筋から胸にかけて舌を這わせ、指先も駆使して肌を愛撫しながら、やがて色づいた乳首に吸い付いていった。

「あぁッ……」

相当に久しぶりらしい由紀恵は、ビクッと顔をのけぞらせて喘いだ。久々というだけでなく、おそらく初めての不倫、しかも会ったばかりの男に身を任せている興奮も大きいだろう。

陽介は形良く柔らかな膨らみに顔中を押しつけ、心地良い感触と甘ったるい肌の匂いを味わいながら、コリコリと硬くなった乳首を舌で転がした。

もう片方も含んで吸い付き、さらに汗ばんだ腋の下にも顔を埋め込み、濃厚な体臭に噎《む》せ返った。

一日中立ち働いた美女の全身は、自然のままの匂いを十二分に発していた。

さらに陽介は滑らかな肌を舐め下り、由紀恵の股間に顔を割り込ませていった。

黒々とした恥毛がふんわりと茂り、ワレメからはみ出す花びらは興奮に色づいて、ネットリとした大量の蜜に潤っていた。

陽介は艶めかしい眺めに堪らず、ギュッと顔を埋め込んでいった。

茂みに鼻をこすりつけ、甘ったるく濃厚な汗の匂いを貪りながら舌を這わせ、淡い酸味のヌメリをすすった。

「ああッ……、き、気持ちいい……！」

由紀恵は、羞恥と快感に声を上ずらせ、白くむっちりとした内腿で陽介の顔を締め付けながら悶えた。

そして彼は、息づく膣口から、包皮を押し上げるようにツンと突き立ったクリトリスを執拗に舐めながら、自分も彼女の顔の方へ股間を移動させていった。

やがて、互いに横向きになり、相手の内腿を枕にしながら由紀恵の鼻先に先端を突きつけると、彼女はすぐにパクッと亀頭にしゃぶりついてくれた。

陽介が股間に美女の熱い息を受け止めながらクリトリスに吸い付くと、

「ンンッ……！」

由紀恵も熱い鼻息で彼の陰囊をくすぐりながら呻き、反射的にチュッと強く吸い付いてきた。

そして清らかな唾液に濡れた口で幹を丸く締め付け、内部ではクチュクチュと舌が滑らかに蠢き、たちまち彼自身は美女の温かな唾液にどっぷりと浸った。

陽介も、由紀恵の匂いに酔いしれながら熱い愛液をすすり、クリトリスを攻め続けながら高まった。

「アアッ……、も、もうダメ……」

耐えきれなくなったように由紀恵がペニスから口を離し、挿入をせがむように身をくねらせた。

彼は身を起こし、待ちきれない思いで屹立した肉棒を構えた。

由紀恵は、いわゆる下つきで、膣口がやや肛門側にあるため、後背位の方が良いかも知れないと思い、そこで彼は『性愛之術』にあった「秘所《ひしょ》の伏臥《ふくが》突《つ》き」を試してみようと思った。

まずは彼女を横向きにさせて、陽介はその後ろからペニスを構えて股間を進めていった。

後ろからワレメに先端を押しつけ、彼女の唾液に濡れた亀頭をゆっくり押し込んでゆくと、

「ああッ……！」

由紀恵は激しく喘ぎ、自ら尻を突き出しながら根元まで受け入れていった。ヌルヌルッと心地よい肉襞の摩擦がペニス全体を包み込み、熱く濡れた柔肉がキュッときつく締め付けてきた。

そして彼の下腹部に尻の丸みが当たって弾み、陽介は感触と温もりを味わいながら彼女を背後から抱きすくめた。

《横向きに寄り添い、男が背面《はいめん》から交わる態《たい》を取りたる後《あと》は、互いの陰部《いんぶ》を結びつけたるまま、女をうつ伏《ぶ》せにする手も又《また》よきかな》

陽介は記述を思い出しながら、そろそろと彼女をうつ伏せにさせ、自分はのしかかるように移動していった。

由紀恵も素直に腹這い、陽介が股間を押しつけると、白く丸い双丘への密着感が高まった。

「ああ……、こんなの初めて……」

由紀恵が顔を伏せて喘ぎ、久々の男を味わうようにモグモグと膣内を収縮させ、ペニスを締め付けてきた。

《腹這《はらば》いにした女の脚《あし》の間に男、両《りよう》の脚を割り入らせ、玉茎《たまぐき》で小刻みに突くべし》

陽介は両足を彼女の股の内側に割り込ませると、由紀恵もうつ伏せのまま大股開きになってくれた。

「アア……、恥ずかしい……」

後ろからの挿入は、ただでさえ最も無防備な体勢のため、女性の心理も受け身になり、どうにでもして欲しい気になるようだ。しかも大きく股を開いたから、激しい羞恥も加わり、彼女の淫気は最高潮になってきたようだった。

陽介は、のしかかったまま股間を小刻みに突き動かしはじめ、何とも心地良い摩擦を味わった。

「ああッ……、こすれるわ、すごい……」

由紀恵は声を上ずらせながら、律動を合わせるように、腰を上下させて動かしてきた。

大量に溢れる愛液がヌラヌラと動きを滑らかにさせ、ピチャクチャと淫らに湿った音が響きはじめた。

溢れたヌメリは互いの接点を濡らし、さらに下のシーツにまで染み込んでいった。

《其《そ》の先端が、女陰《じょいん》の腹側の壁《かべ》に在《あ》る、天に導く秘所《ひしょ》に繰《く》り返《かえ》し当たり、女、感ずる

こと甚《はなは》だし》

記述にある、天に導く秘所というのは、恐らく膣内の天井にあるGスポットだろう。

陽介は、先端でその部分を意識的に突くように角度を工夫し、執拗に腰を突き動かし続けた。

「アア……、感じる……」

由紀恵が尻を振り、ペニスを締め付け続けながら喘ぎ、粗相したかと思えるほどの愛液を漏らした。

《加えて、うなじから背中、尻《しり》を撫《な》で摩《さす》れば、弛《たゆ》まぬ快に、顔を押し付けた枕を噛《か》みて悶《もだ》えるなり》

陽介は腰を使いながら由紀恵の首筋や背に舌を這わせ、指も使って脇腹から尻まで愛撫した。

「く……、ダメ、いきそう……」

由紀恵が顔を横に向け、必死に呼吸しながら呻いた。

陽介も顔を埋め込み、熱く湿ってかぐわしい息を嗅ぎながら耳を舐め、頬に唇を押しつけた。

彼女が必死に振り返るように顔を向け、舌を伸ばしてきたので、陽介も舌を出すと、辛うじて互いの舌先をチロチロと舐め合うことが出来た。

しかし突き上がる快感に、彼女は舌を伸ばしていられず、また激しく喘いで悶えはじめた。

陽介は脇から手を差し入れて柔らかな乳房を揉みしだき、コリコリと乳首を指の腹で擦りながら、なおもうなじから背中に舌を這わせた。

滑らかな肌は、うっすらと汗の味がし、吐息と髪の匂い、さらに腋から漂う甘ったるい体臭に彼は高まっていった。

すでに何度か、由紀恵はオルガスムスの小波を受け止め、ヒクヒクと肌を震わせはじめていた。

そろそろ大きな波がやってくるように、膣内の収縮が激しくなってきた。

陽介も絶頂を目指すため身を起こし、彼女の腰を抱えて万全の体勢を取った。

由紀恵は四つん這いになって尻を高く浮かせ、彼の方に大胆に突き出してきた。

股間をぶつけるように前後させると、肌の当たる音とともに尻の弾力が伝わり、さらにペニス全体を肉襞の摩擦が心地良く包み込んだ。

すでに溢れる愛液は攪拌《かくはん》されたように白っぽく濁り、揺れてぶつかる陰嚢をぬめらせ、彼女の内腿にまで滴っていた。

「い、いっちゃう……、アアーッ……！」

とうとう由紀恵が大きなオルガスムスを迎え、喘ぎながらガクンガクンと狂おしい痙攣を開始した。

陽介も、膣内の収縮に巻き込まれ、あっという間に絶頂に達してしまった。

「く……！」

突き上がる快感に呻き、熱い大量のザーメンをドクンドクンと勢いよくほとばしらせると、

「あう……、熱いわ、もっと……」

奥深い部分に噴出を感じ取った由紀恵は、駄目押しの快感を得たように口走った。

陽介は、心おきなく最後の一滴まで出し尽くし、徐々に動きを弱めながら、下降線をたどりつつある快感を惜しんだ。

「アア……」

由紀恵も、彼が済んだことを察して満足げに声を洩らし、支えを失ったようにグッタリと突っ伏してしまった。

なおも心地良い尻の丸みに股間を押しつけて余韻を味わうと、まだ膣内が名残惜し

げにキュッキュッと締まり、刺激された亀頭が過敏にピクンと跳ね上がった。

「あう……」

まだGスポットが感じるように由紀恵が声を洩らし、完全に動きを止めていても、何度かビクッと肌を波打たせた。

ようやく陽介が股間を引き離して添い寝すると、彼女はこちら向きになってしがみついてきた。

「こんなに良かったの、初めてです……」

由紀恵が熱い呼吸を繰り返しながら囁き、とろんとした眼差しで彼を見た。

「感じてくれて、僕も嬉しいです」

陽介は腕枕してやりながら答え、そっと髪を撫でた。

そしていつものことながら、これほどの美女が自分などに身体を開いたことを不思議に思うのだった。

理容店の美女

「頭《とう》髪《はつ》の先《さき》触《ぶ》れ」を試す

《普段、髪《かみ》にて隠された肌《はだ》へ侵入《しんにゅう》される事が女を興奮へと誘《いざな》う故《ゆえ》、頭髪《とうはつ》を責《せ》めること怠《おこた》る勿《なか》れ。男、先《ま》ず女の頭全体を掌《てのひら》にて鎮《しず》かに撫《な》で摩《さす》り、後《のち》に徐《おもむ》ろに頭皮《とうひ》へ向かい五指《ごし》を其《そ》の中に差し入れるべし。やや力を入れ、髪を掻《か》き上げ、又《また》掻き乱せば、其の生え出《い》ずる付け根が大いに刺激《しげき》される。是《これ》こそが大いに性感《せいかん》を催《もよお》すなり。女、恰《あたか》も撫でられた仔猫《こねこ》のように、男につき従い、性愛の温《ぬく》もりを待ち望むなり》
――『性愛之術《せいあいのじゅつ》』（明治初期）より

「お客さん、ここは初めてですね？」

「ええ、いつも行っている店が休みだったもので」

言われて、陽介は椅子に掛けながら答えた。だいぶ髪が伸びてきたので、行きつけの床屋へ出かけたところ、一ヵ月間の長期休業だった。そこで町を散策していたら、路地にこぢんまりとした綺麗な理容店を見つけたのである。

二十代半ばの美女が、一人の女性客を相手にしていたので、入ってみたのだ。彼女はなかなか手さばきが良く、十分ほどで女性客が帰り、陽介の番となった。

壁に掛かった許可証を見ると、彼女の名は山崎美樹《やまさきみき》とあった。

やがて彼女が髪を切りはじめてくれた。

美樹は陽介の髪に集中しているので、彼は鏡に映った彼女の顔を遠慮なく観察することが出来た。

「綺麗なお店ですね」

「有難うございます。改築したばかりなので、これからはこちらに来ていただけるよう頑張りますね」

陽介が言うと、美樹は手を休めることなく、にこやかに答えた。

もう閉店が近いので、他の客が来ることもなく、陽介も何かにつけ彼女とお喋《しゃべ》りした。

元は父親の店だったが半年前に亡くなり、美樹が継ぐことになったので改装したようだった。

この店の二階が住居になっていて、美樹は母親と二人で住んでいるらしい。

鏡ではなく、生身の彼女の様子をたまにチラと見ると、半袖の隙間からスベスベの腋の下が見え、陽介は股間が熱くなってきてしまった。

そして彼女が動くたび、ふんわりと生ぬるい風が鼻を撫で、リンスか香水か体臭か、控えめに甘い匂いが漂った。

さらに顔を寄せていると、ほんのりと美樹の湿り気ある息が鼻腔をくすぐってきた。それは女の子らしく甘酸っぱい果実臭に、やはり気を遣っているのか、微かなハッカの匂いも含まれていた。

二十代半ばでも、だいぶ若作りで、愛くるしい感じである。

丸顔に笑窪、栗色のボブカットに白い歯並びが実に健康そうだった。胸も腰もムチムチと丸みを帯び、肌はどこも弾力がありそうだ。

彼氏はいるのだろうか、充実した快楽を味わっているのだろうかと、あれこれ想像すると勃起してきてしまったので、陽介はなるべく妄想を抑えた。

やがて髪を切り終えると洗髪してもらい、さらに仰向けになって髭《ひげ》を当たってもらった。

顔を寄せて真剣に剃刀《かみそり》を使う美樹の匂いが感じられて、彼は陶然《とうぜん》となってしまった。

た。

（少しぐらい失敗して、傷を舐めたりしてくれないものかなあ……）

陽介は取り留めもなく、嫌らしいことばかり考えてしまい、また必死になって勃起を抑えた。何しろ仰向けだから、勃《た》ってしまったら目立つだろう。

しかし彼女の手際は良く、たちまち剃り終えて椅子が元に戻された。顔を拭いてもらい、ドライヤーで髪を乾かし、全て整えてもらった。

「お疲れ様でした」

「どうも有難う。とっても上手でした。また寄らせてもらいますね」

「上手ではないですよ。理容学校を出てからは、父が元気だったので他の仕事にも就いていたから、あんまり技術には自信がないんです」

「いえ、とても手際が良かったですよ。ご自分の髪も切るんですか？」

「ええ、でも癖っ毛で、傷《いた》んで仕方がありません」

美樹が、本当に悩んでいるように言う。

「頭皮マッサージが良いのじゃないですか？　ご自分でなさっているかもしれませんが、人にしてもらったほうが効果が高いと思いますよ。私はツボに詳しいので……」

「そうですか……」

陽介の言葉に、美樹は少し心を動かされたようだった。

「何でしたら、少ししてみましょうか」

「そんな、お客様に申し訳ないです」

陽介が立ち上がって言い、美樹に椅子をすすめると、彼女は遠慮した。

それは会ったばかりなのだから当然だろう。しかし陽介は美樹に魅せられていたので、もう一押ししてみた。

「構いませんよ。お近づきのしるしに」

「そうですか。では少しだけ……」

言うと、彼女もとうとう頷き、店の入り口と窓のブラインドを閉めてから椅子に掛けてくれた。

陽介は後ろに回り、彼女の頭に触れた。

本当は顔を寄せて髪の匂いを嗅ぎたかったが、鏡で見られているので控え、百会《ひゃくえ》という頭頂部のツボを指圧し、さらに後頭部、盆の窪からうなじ、耳の裏側の方にまで指を這わせていった。

美樹の髪は実にしなやかだったが、自分で言うとおり癖っ毛なのだろう、芯の硬さも感じられた。

「ああ、気持ちいいです……」

美樹はうっとりと力を抜いて言い、次第に遠慮もなくなってきたようだった。

「でも、綺麗な理容師さんでは、多くの男に言い寄られるでしょう」

陽介は、頭皮への指圧を続けながら言ってみた。

「いいえ、忙しくて、そんな余裕はありませんでした。お付き合いしていた人はいたけれど、私が家を継ぐことになったときに反対されて、それでケンカになって別れてしまいました」

美樹が言う。

では今は付き合っている彼氏はおらず、別れて半年ばかりということになる。

この健康的な肉体では、すでに快楽も知っているだろうから、欲求も溜まっているに違いない。

そこで陽介は、『性愛之術』で読んだ、「頭髪《とうはつ》の先触《さきぶ》れ」を試してみようと思った。

《普段、髪《かみ》にて隠された肌《はだ》へ侵入《しんにゅう》される事が女を興奮へと誘《いざな》う故《ゆえ》、頭髪を責《せ》めること怠《おこた》る勿《なか》れ》

記述を思い出し、確かに普段髪に覆われているが、多くの感じるツボも隠されているのだろうと陽介は思った。

《男、先《ま》ず女の頭全体を掌《てのひら》にて鎮《しず》かに撫《な》で摩《さす》り、後《のち》に徐《おもむ》ろに頭皮《とうひ》へ向かい五指《ごし》を其《そ》の中に差し入れるべし》

陽介は、両手のひらで髪全体を撫で回し、それからゆっくりと髪の中に指を潜り込ませていった。

《やや力を入れ、髪を掻《か》き上げ、又《また》掻き乱せば、其の生え出《い》ずる付け根が大いに刺激《しげき》される。是《これ》こそが大いに性感《せいかん》を催《もよお》すなり》

彼は記述の通りに髪を掻き上げるように指を這わせ、ときに掻き乱すようにしながら頭皮を刺激した。

もちろん合間に、耳たぶやうなじ、感じる首筋にも微妙なタッチで触れ続けた。

「ああ……」

次第に美樹はうっとりと目を閉じ、熱い喘ぎを洩らしはじめたではないか。

陽介は愛撫の効果に驚きながら、さらに指先に神経を集中させた。

もともと彼女も、日頃から気持ちを張りつめさせ、相当に心身が疲れているのだろう。それに欲求不満もあり、感じやすくなっているようだった。

それに何より、自分で店の椅子に座り、初対面の陽介のマッサージを受けること自体、すでに彼女はためらいの壁を越えてしまったということだろう。

《女、恰《あたか》も撫でられた仔猫《こねこ》のように、男につき従い、性愛《せいあい》の温《ぬく》もりを待ち望むなり》

記述の通り、美樹は僅かの間にすっかり忘我の境を行き来するように息を弾ませ、そして何度か、他の部分も触れて欲しいように身をくねらせはじめていた。

気づかれぬようそっと顔を寄せると、甘い髪の匂いとともに、美樹の襟元や、僅かに開いた胸元からも、生ぬるい熱気が立ち昇り、甘ったるいフェロモンが陽介の鼻腔を妖しく刺激してきた。

(大丈夫だろうか……)

陽介は、美樹の反応を見ながら髪への愛撫を続け、さらにエスカレートする機会を窺うのだった。

「アア……、何だか私、変な気持ちになってきました……」

美樹が熱い呼吸を繰り返しながら言い、陽介も徐々に髪からうなじへと本格的に指を移動させていった。

「お疲れなのでしょう。ではこの辺りも」

陽介は言い、肩にも指圧を施しはじめた。

「ああ……、そんな、申し訳ないです……」

美樹は言ったが、すでに身体の方は彼に身を任せるように力が抜けていた。

それに陽介の指圧は凝りをほぐして楽になるものではなく、微妙に性感を刺激して、我慢できなくさせる類《たぐい》のものなのだ。

(そろそろ大丈夫だろう……)

陽介は激しく勃起しながら思い、美樹の反応を見ながら、徐々に肩から胸へと指を移動させていった。

膨らみは実に柔らかで形良く、陽介は例によって麓からじっくりと責め、優しく揉んでいった。

そして今度こそ背後から彼女の髪に顔を押し当て、甘い髪の匂いを嗅ぎながら、鼻と唇で髪を掻き分けた。

「ああ……、私、何だか……」

美樹が朦朧となって喘ぎ、もう自分がどこで何をしているかも分からなくなってきたようだった。

鼻で髪を掻き分け、うなじに唇を触れさせると、息の刺激も伝わり、彼女がビクリと反応した。

陽介はうなじにそっと舌を這わせ、そのまま耳朶を静かに含んで吸い、たまに軽く歯も当てながら、指はいよいよ乳首を探りはじめていた。

美樹の身悶えはさらに激しくなり、彼女は自分から乳首を彼の指に移動させるような仕草さえした。

「アア……、どうか……」

そして彼女は息を震わせながら、陽介の方に顔を向けてきたのである。

彼も乳房を責めながら、唇を耳から頬に移動させ、とうとうピッタリと唇を重ねてしまった。

柔らかな感触が伝わり、ほんのりした唾液の湿り気と、ハッカの混じった果実臭の息が悩ましく鼻腔を刺激してきた。

舌を差し入れ、唇の内側を舐め、白く綺麗な歯並びをたどった。すると彼女も歯を開いて受け入れ、ネットリと舌をからみつかせてきた。

「ンン……」

美樹は熱く鼻を鳴らし、差し入れた彼の舌に吸い付いてきた。

そして陽介が乳首を探るたび、チュッと強く吸い付いた。

彼も美女の唾液と吐息を味わい、もう後戻りできないほど激しい興奮が高まってきてしまった。

ようやく唇が離れると、美樹はハッと我に返ったようだった。

「あ、あの……、どうか二階へ……」

美樹が懸命に力を入れ、椅子から立って言った。

やはりブラインドが降りていても、明るい店内で行なうのは気が引けるようだった。それでも興奮が高まり、すっかり火が点いてしまったようで、ここで止める気にもならないようである。

美樹は深呼吸し、営業中の札をしまってドアをロックし、店の灯りを消して彼を中に誘った。

「お母さんは？」

「今日は、お友達と温泉に行っているので帰りません」

「そう、それなら……」

やがて陽介は、美樹に案内され、胸を高鳴らせながら階段を上っていった。

二階にはリビングにキッチン、そして母親と彼女の部屋があるようだった。

美樹は、自分の部屋に陽介を招き入れてくれた。

六畳ほどの洋間の窓際にはベッド、それに机とテレビ、本棚などが機能的に配置され、室内には甘ったるい若い娘のフェロモンが籠もっていた。

陽介も、初めて来た店の二階にある、住居の方に通されるなど夢にも思わず、自分の異常なほどの女性運と、『性愛之術』の効果に驚きが隠せなかった。

「どうか、続きを……」

美樹が言い、陽介も密室に入って激しく燃え上がった。

そして再び彼女に唇を重ね、舌をからめながら、互いにもどかしい思いで服を脱ぎはじめたのであった。

「立《た》ち身《み》の後《うし》ろ攻《こう》」を使う

《うつ伏《ぶ》せの女を突きたる後は、玉茎《たまぐき》を抜かぬまま女の腰を抱え上げ、四つん這《ば》いにしてから次第《しだい》に立ち姿勢に移るべし。壁《かべ》等に両《りょう》の手を突いた女を、立ち身の男が後ろより玉茎にて攻める際《さい》、互《たが》いの脚《あし》の開き具合で、柔壁《やわかべ》深くまた浅く、縦横《じゅうおう》至る処《ところ》を攻められる故《ゆえ》、女、存外《ぞんがい》に心地よし。又《また》、安定して腰を動かせる故、尻若《も》しくは背中を撫で摩《さす》ることと併《あわ》せて攻めれば、必ずや女を夢見心地にさせられるなり》

——『性愛之術《せいあいのじゅつ》』（明治初期）より

「ああ……、何だか信じられないわ……」

一糸まとわぬ姿になった美樹が、ベッドに横たわって言う。

しかし、その思いは陽介の方がずっと強かった。何しろ、初めて来た理容店の二階の私室に上がり込み、美人理容師と一緒に全裸になっているのだから。

とにかく、すっかり興奮を高めている美樹の唇を奪いながら、陽介は添い寝し、しなやかな髪をまさぐった。

枕にもシーツにも、美女の甘ったるい匂いが染みつき、彼は激しく勃起した。

「ンン……」

美樹も彼の舌に吸い付きながら、果実のように甘酸っぱい息を弾ませて熱く鼻を鳴らした。

やがて陽介は充分に舌をからめ、美女の唾液と吐息を堪能してから唇を離すと、美樹はすっかり魂を抜かれたように身を投げ出してきた。

陽介は甘い匂いの髪に顔を埋め、指と舌でうなじを攻め、首筋を舐め下りていった。

「ああッ……！」

美樹がビクッと顔をのけぞらせ、激しく喘いだ。

店と違い、自分の部屋で思いきり声が出せるので、肌の反応も遠慮なく激しくなってきた。

このベッドで美樹は、欲求不満を解消するためオナニーもしているのだろう。そう思うと陽介は興奮が増し、愛撫にも熱が入るのだった。

舌先を胸へと移動させ、実に形良い膨らみに這い回らせた。

もう片方にも指を這わせ、柔らかな感触を味わいながら、薄桃色の乳首にチュッと吸い付き、舌で転がした。

「アア……、き、気持ちいい……」

美樹がクネクネと身悶えて喘ぎ、彼の顔を胸に掻き抱いてきた。

陽介が両の乳首を交互に含んで舐め回すと、ほんのり汗ばんだ胸元や腋からは、何とも甘ったるい汗の匂いがユラユラと漂ってきた。

陽介は充分に乳首を愛撫してから、美樹の腋の下にも顔を埋め込み、スベスベの腋に鼻を押しつけた。

今日も目いっぱい働いた美女の体臭が悩ましく鼻腔を刺激し、彼は舌を這わせながら、徐々に脇腹を舐め下りていった。

滑らかな柔肌は白粉《おしろい》でもまぶしたように白く、きめ細やかだった。

陽介は腹の真ん中に移動し、愛らしい縦長の臍を舐め、張り詰めた下腹にも舌を這わせていった。

「ああ……、恥ずかしい……」

美樹は嫌々をしながらも声を上ずらせて喘ぎ、彼が腰から太腿へ舌で下降し、やんわりと両膝に手を掛けると、羞じらいながらも素直に股を開いてきた。

ムッチリとした白い内腿に舌を這わせながら、美女の中心部に顔を迫らせると、悩ましい匂いを含んだ熱気と湿り気が顔中を包み込んできた。

恥毛は楚々として淡く、実に恥ずかしそうな生え具合で初々しいが、ワレメからはみ出した花びらは興奮に色づき、大量の愛液にジットリと濡れていた。

そっと指で開くと、

「あう……！」

触れられた美樹が息を詰めて呻き、ビクリと肌を強ばらせた。

中はヌメヌメと潤う綺麗なピンクの柔肉で、花弁状に襞の入り組む膣口に、真珠色の光沢を放つクリトリスが、包皮を押し上げてツンと突き立っていた。

艶めかしい眺めに堪らなくなり、陽介は彼女の股間にギュッと顔を埋め込んだ。

「アアッ……！」

美樹は激しく喘ぎ、内腿でキュッときつく彼の両頬を挟みつけてきた。

陽介はもがく腰を抱え込み、柔らかな茂みに鼻をこすりつけ、甘ったるい汗の匂いと、ほんのりした残尿の刺激臭を貪り、舌を這わせていった。

息づく膣口を掻き回すように舐めると、淡い酸味のヌメリが舌を濡らしてきた。

「ああ……、き、気持ちいい……！」

クリトリスを舐め上げると、美樹がビクッと身を弓なりに反らせて口走った。

陽介は美女の体臭を味わいながら舌を這わせ、クリトリスを刺激しては、新たに溢れる蜜をすすった。

すると、久々の快感で美樹がすぐに果てそうなほど身をよじるので、刺激が強すぎるかも知れないと思い、彼はいったん舌を引っ込めて添い寝していった。

美樹は肌を密着させ、かぐわしい息で熱く喘いでいたが、やがて自分から身を起こし、そろそろと彼の強ばりに手を伸ばし、顔を寄せていった。

ほんのり汗ばんで生温かな手のひらに、ペニスをやんわりと握り、硬度や感触を確かめるように動かしながら、熱い視線を近々と注いできた。

陽介も仰向けになり、愛撫を待つように身を投げ出した。

やがて先端に、チロチロと滑らかな舌先が触れてきた。熱い息が股間に籠もり、次第に美樹は激しく舌を動かし、大胆にスッポリと喉の奥まで呑み込んだ。

「ああ……」

陽介は快感に喘ぎ、美女の口の中で温かく清らかな唾液にまみれた肉棒をヒクヒクと震わせた。

美樹は喉の奥まで含み、根元をキュッと唇で丸く締め付けながら、内部ではクチュクチュと舌を蠢かせてくれた。

陽介は充分すぎるほど高まり、やがて漏らしてしまう前に、やんわりと彼女の顔を引き離し、身を起こしていった。

美樹も、挿入を待つように再び横たわった。

（あれを試してみようか……）

陽介が思い出したのは、『性愛之術』に載っていた、「立《た》ち身《み》の後《うし》ろ攻《こう》」である。

《うつ伏《ぶ》せの女を突きたる後は、玉茎《たまぐき》を抜かぬまま女の腰を抱え上げ、四つん這《ば》いにしてから次第《しだい》に立ち姿勢に移るべし》

内容を思い出したが、これは本来立った状態で壁に手を突かせる体位だから、それをベッドの段差で行なえば楽だろうと思ったのである。

《壁《かべ》等に両《りょう》の手を突いた女を、立ち身の男が後ろより玉茎にて攻《せ》める際《さい》、互《たが》いの脚《あし》の開き具合で、柔壁《やわかべ》深くまた浅く、縦横《じゅうおう》至る処《ところ》を攻められる故《ゆえ》、女、存外《ぞんがい》に心地よし》

記述にはそうあるが、陽介は彼女をうつ伏せにさせ、足はベッドの下の床に突かせた。

ちょうど、ベッドにもたれかかり、こちらに尻を向けた形になる。

陽介はベッドを下りて立ち、白く丸い尻に股間を迫らせ、バックから濡れたワレメに先端を押しつけた。

「あん……」

「もっとお尻を突き出して……」

言うと、彼女は羞じらいに尻をクネクネさせながら言いなりになった。

やがて、愛液に濡れた膣口に後ろからゆっくりと挿入していくと、肉襞の摩擦が心地良く彼自身を包んだ。

「アアッ……！」

根元まで押し込むと、美樹が汗ばんだ背中を反らせて喘ぎ、潜り込んだペニスをキュッと心地良く締め付けてきた。

股間を押しつけると、尻の弾力が伝わってきた。

健康的な彼女の肌は、どこもプリプリとした張りと弾力に満ち、陽介は動いたらすぐに終わってしまいそうなので、しばし股間を密着させたまま、美女の温もりと感触を味わった。

「いいわ……、すごく……」

美樹が顔を伏せたまま、喘ぎをくぐもらせて言った。

陽介も記述の通り、股を開閉させながらワレメと尻のみならず、密着する太腿の感触も味わった。

《又《また》、安定して腰を動かせる故、尻若《も》しくは背中を撫で摩《さす》ることと併《あわ》せて攻めれば、必ずや女を夢見心地にさせられるなり》

陽介は次第に腰を突き動かし、摩擦の快感を味わいながら、彼女の尻や背に指を這わせはじめた。

大量の愛液が、粗相したように溢れて動きを滑らかにさせ、湿った摩擦音が、肌のぶつかる音に入り交じった。

「アア……、いきそう……、お願い、もっと強く突いて……」

いつしか美樹は尻を突き出すように動かしながら喘ぎ、さらなる刺激をせがんだ。

陽介は深く浅く、緩急をつけて律動し、さらに覆い被《かぶ》さって、髪に顔を埋めて甘い匂いを嗅ぎながら高まった。

そして両脇から手を差し入れ、柔らかな乳房も微妙なタッチで揉んだ。

背中を舐めると、

「あァン……、駄目、感じすぎるわ……」

案外弱い部分だったらしく、美樹は激しく反応し、彼自身をモグモグときつく締め付けてきた。

揺れてぶつかる陰嚢まで愛液にネットリと濡れ、陽介は絶頂が迫ると動きを弱め、呼吸を整えた。

やはり、少しでも長くこの美女と一つになり、快感を味わっていたいのだ。それに、どうせなら彼女を久々の絶頂に導いてから、自分が果てた方が良いだろう。

どうも彼女は全身が感じるのに、若い元彼《もとかれ》は欲望に任せ、細やかな愛撫などしてこなかったようなのだ。

陽介は、若者との差を見せつけるように、美樹を感じさせることを優先させた。

指の腹でクリクリと乳首をいじり、滑らかな背中を舐め回しながら、彼は律動を繰り返した。

うっすらと汗の味のする肌は敏感に反応し、膣内の収縮も高まってきた。

「アア……、お願い……」

美樹が懸命に振り向こうとするので、陽介ものしかかるようにして顔を乗り出し、互いに舌を伸ばして舐め合った。

甘酸っぱい果実臭の息が弾み、陽介は嗅ぎながら湿り気を感じ、生温かな唾液を味わった。

そして彼女が次第に激しく尻を動かしてくるので、陽介も舌を引っ込め、本格的に股間をぶつけるように動きはじめた。

もちろん指ではソフトに背中や尻を撫で、律動にも緩急をつけ続けた。

やがて陽介自身が高まり、いよいよ危ういと思ったとき、とうとう美樹がオルガスムスに達した。

「い、いく……、アアーッ……！」

彼女は声を上ずらせ、うつ伏せのままガクンガクンと狂おしい痙攣を開始した。

同時に、膣内の収縮も最高潮になり、潮を噴くように大量の愛液を漏らして互いの股間をビショビショにさせた。

「く……！」

彼女の絶頂の渦に巻き込まれるように陽介も呻き、続いて昇り詰めてしまった。

ありったけの熱いザーメンをドクドクと勢いよくほとばしらせ、深い部分を直撃した。

「あう……、熱いわ、感じる……！」

噴出を受け止めると、彼女は駄目押しの快感を得たように口走り、飲み込むように膣内を締め付けた。

陽介は突き上がる快感の波を受け止め、心おきなく最後の一滴まで出し尽くし、すっかり満足して動きを弱めていった。

「アア……」

美樹も満足げに声を洩らし、徐々に肌の硬直を解いていった。

やがて陽介は完全に動きを止め、美樹に体重を預けて覆い被さった。

そしてしなやかな髪に顔を埋め込み、甘い匂いを嗅ぎながら、うっとりと快感の余韻を嚙み締めた。

まだ膣内の収縮は続き、刺激されたペニスが過敏に反応し、ヒクヒクと内部で跳ね上がった。

「う……」

美樹も過敏に反応し、膣内を締め付けながら呻いた。

まるで全身が、射精直後の亀頭のように敏感になっているようだ。

「こんなに感じたの、初めて……」

美樹が、息も絶えだえになって呟いた。

陽介はゆっくりと股間を引き離し、今度こそ向き合って添い寝し、処理は後回しにして、甘えるようにしがみつく美樹を抱きすくめてやった。

恐らく、今までのセックスは何だったのだろうと思っていることだろう。

陽介もすっかり満足したが、それ以上に、この欲求の溜まった美女を感じさせられたことに大きな悦びを得たのだった。

「ああん、シーツがビショビショになってしまったわ……」

美樹が抱きついて言い、陽介は可愛く思いながら呼吸を整えたのだった。

部下の美人妻

「両肩《りょうかた》の窪《くぼ》み攻《ぜ》め」を試す

《両肩《りょうかた》を圧《あっ》することも又《また》、性感《せいかん》を催《もよお》させるなり。まず首筋から腕《うで》に至る其《そ》の尾根《おね》を、触れるか触れぬ程度に両の掌《てのひら》で左右に摩《さす》るべし。其の後、肩の端と首の丁度《ちょうど》真ん中に秘《ひそ》やかに存する窪《くぼ》みを、五指《ごし》の腹で柔らかく押せば、女、普段の指圧とは対照的な心地良さに陶然《とうぜん》となるなり。更《さら》に、舌を用いて、其の窪みを舐《ねぶ》るべし。女、肩の荷が下りたように、男への蟠《わだかま》りもみるみる解《ほど》け、官能の極致《きょくち》を求めるなり》

――『性愛之術《せいあいのじゅつ》』（明治初期）より

「やあ、いつも有難う。とっても助かっているよ」

陽介は言い、十歳年下の部下である内村《うちむら》と乾杯した。

彼は、陽介が東京へ赴任してから何かと社のシステムを説明してくれ、世話になりっぱなしだった。

そして内村も、先輩である陽介を慕《した》うところがあり、今日は日頃の労をねぎらうため、夕食に誘ったのである。

「いいえ、野上さんの頑張りに、こちらもずいぶん引っ張って頂いております」

内村も笑顔でビールを飲み干し、二人で話しながら料理を摘《つま》んだ。やがて焼酎《しょうちゅう》の水割りに切り替え、話も弾んだが、話題がプライベートなことになると、急に内村が声を潜《ひそ》めて言った。

「実は、家内が最近、全然夜の生活に応じてくれなくなったんです……」

「へえ、でもまだ若いだろうに」

陽介は身を乗り出して、相談に乗りはじめた。

内村の妻、雅恵《まさえ》は三十五歳。子供はなく、専業主婦をしていた。

「確かに、僕も忙しさにかまけて相手をしなくなっているし、疲れた顔ばかり見せるので嫌になったのでしょうけど、してもいいかなというときに応じてくれないのは辛いものがあります」

「その、してもいいかなというのが良くないな。何もセックスするだけじゃなく、日頃からねぎらったり、僅かな言葉をかけるだけでも違ってくるものだよ」

「そうですね……」

内村は言い、グラスを重ねるうちにすっかり酔ってしまったようだ。アルコールは好きそうだが、かなり弱い部類なのだろう。

やがて陽介は支払いを終え、内村を抱えてタクシーに乗せ、彼のマンションまで送ってやった。そして正体を失《な》くしている彼を支えながら、入り口で部屋番号をコールすると、すぐに雅恵が出た。

「あ、内村君の上司の野上と申します。彼がだいぶ酔ってしまい、送って参りました」

「まあ、そんなご迷惑を……。申し訳ありません」

彼女が答え、すぐに入り口のドアが開いた。

陽介はエレベーターで五階まで上がり、足元の覚束《おぼつか》ない内村を支えて廊下を進んだ。

すると、部屋番号を探すまでもなく、ドアが開いて雅恵らしい女性が心配して駆け寄ってきた。

「本当に済みません」

「ええ、では中まで」

言われて、陽介は彼を支えたまま部屋に入れた。

中は２ＬＤＫで清潔に保たれ、陽介は案内されるまま、内村を奥の寝室に運んだ。するると雅恵が上着を脱がせ、彼を寝かせた。

「本当に、お世話かけました。野上さんのことは、いつも目をかけていただいていると主人から良く聞いております」

雅恵が言い、どうかお茶でもとリビングのソファに陽介を座らせた。

「深酒させてしまい、申し訳ありませんでした」

「いいえ、お酒に弱いので。これで朝まで目を覚ましません。きっと楽しかったのでしょう。お二人で、どんなお話を？」

雅恵が向かいに座って聞いてきた。

なかなかスレンダーの長身で、ショートカットが似合う。三十五歳ということだが、ずっと若く見えた。

動きやすそうなスウェット姿、ノーメイクだが小顔で、実に健康的な肌艶《はだつや》をしている。

「ええ、仕事の話が主ですが」

陽介は、美人妻に見惚れながら内村と話したことを中心に色々と雑談した。

「他には、どんな？」

「ええ、彼は、貴女《あなた》との夜の生活が最近ないことを寂しがっていましたよ」

「まあ……！」

陽介が、うっかり言ってしまうと、雅恵が目を丸くした。

「確かに、ずっとマンネリで、積極的に求める気持ちにはならないのですが……」

気まずい話題かとも思ったが、意外にも雅恵は深刻に受け止め、そう答えた。


「私なども、妻と色々工夫してコミュニケーションを取るようにしてきましたが」

陽介は、微かな淫気を催《もよお》しながら言った。

雅恵が、そうした話題に乗ってきたこともあるし、何しろ美しく魅力的な女性なのだ。

こんな美女とセックスできない内村が気の毒であり、こうなってしまったことへのもどかしさもあった。

「そうですか。私たちは、特に工夫などしていません……」

「お互いに疲れが出る頃でしょうからね、例えば肩の凝りをほぐすだけでもスキンシップが得られるものですよ」

「えっ、どんなふうに……？」

「肩の窪みに、肩井《けんせい》というツボがあるので、そこを刺激したり……。あ、すこしやってみましょうか」

陽介は、その気になって腰を浮かせた。

「え……？　今ですか……でも……」

「僕は少々ツボに詳しいので」

彼はすかさず立ち上がって、雅恵の後ろに回った。

そして肩に手をかけ、指圧を施《ほどこ》しはじめた。

雅恵はあまり拒まず、揉まれるうちにうっとりと力を抜いてきた。

髪の匂いに混じり、彼女本来の甘ったるい体臭も立ち昇り、いつしか陽介はムクムクと勃起してきてしまった。

隣室に、その夫である部下が寝ていると思うと、なおさら興奮が増した。ドア越しにも、内村の大鼾《おおいびき》が聞こえていた。

「ああ……、気持ちいいです……」

雅恵が言い、陽介は、最近『性愛之術』で覚えた、「両肩《りようかた》の窪《くぼ》み攻《ぜ》め」を試してみようと思った。

《両肩《りようかた》を圧《あつ》することも又《また》、性感《せいかん》を催《もよお》させるなり。まず首筋から腕《うで》に至る其《そ》の尾根《おね》を、触れるか触れぬ程度に両の掌《てのひら》で左右に摩るべし》

陽介は記述を思い出し、雅恵の左右の首筋から二の腕あたりまで、微妙なソフトタッチで撫でた。

雅恵は、身を投げ出すように力を抜いていたが、たまに感じる部分があるらしく、ビクリと肌が反応した。

《其の後、肩の端と首の丁度《ちようど》真ん中に秘《ひそ》やかに存する窪《くぼ》みを、五指《ごし》の腹で柔らかく押せば、女、普段の指圧とは対照的な心地良さに陶然《とうぜん》となるなり》

陽介は、その部分に柔らかな指圧を試みると、

「う……、んん……」

雅恵が小さく、吐息混じりに声を洩らした。

どうやら効果が出ているようで、陽介の施術にも力が入った。

《更《さら》に、舌を用いて、其の窪みを舐《ねぶ》るべし。女、肩の荷が下りたように、男への蟠《わだかま》りもみるみる解《ほど》け、官能の極致《きよくち》を求めるなり》

まだ舌を使うわけにはいかないと思い、陽介は指の腹で滑らかに触れ、彼女の呼吸

を計りながら愛撫に緩急をつけた。

「ああ……」

首筋と肩に触れているうち、とうとう雅恵が、熱い喘ぎを洩らした。

陽介は痛いほど勃起し、まして隣室に夫が寝ていると思うと興奮が倍加した。

それは雅恵も同じようで、非日常のときめきに息を弾ませはじめていた。

「いかがですか？」

「ええ……、気持ちいいです……」

「こうした刺激によって、性感も高まるから、きっと積極的になれますよ」

指圧しながら言うと、陽介は背後からそっと顔を寄せ、髪の甘い匂いを嗅いだ。そして肩越しに胸元を覗き込むと、形良い膨らみの麓が見えた。

彼女は長い睫毛を伏せ、その胸を大きく起伏させながら熱い呼吸を繰り返し、甘ったるい匂いを濃く揺らめかせた。

さらに試みに、指圧に加えて陽介は顔を寄せたまま、そっとうなじに息を吹きかけてみた。もちろんわざとらしくならないよう、何気ない感じで行なったが、

「アア……」

雅恵は熱く喘ぎ、あまりに激しい反応に陽介が驚いたほどだった。

（これは、相当に……）

いつしか陽介も、雅恵の淫気を確信していた。

そして陽介は、思い切って雅恵の背後から両手で抱きすくめてしまったのだ。いざとなれば、酔ったうえの戯れとして平謝りすれば良いと思ったのである。

しかし、またもや雅恵の反応は彼を驚かせるものだったのだ。


「ああン……、どうか……」

雅恵は前に回した陽介の手に自分の手を重ね、甘ったるい声で喘ぎながらギュッと握ってきたのである。

陽介は驚きつつも、後ろから彼女の髪に顔を埋め込み、甘い匂いを感じながら、とうとう白いうなじに唇を押しつけてしまった。

雅恵は拒まず、しきりに身をくねらせながら振り向こうとしてきた。

やはり、夫とのマンネリな行為はする気がなくても、熟れた肉体は快楽を求め、すっかり欲求が溜まっていたようだった。

陽介も、背後から密着しながら顔を向け、振り返った雅恵にピッタリと唇を重ねてしまった。

柔らかな感触と、ほんのりした唾液の湿り気を感じながら押しつけると、雅恵の温かい息が上品に甘酸っぱく香った。

ここまで来たら、もう突き進むしかないだろう。

陽介は、可愛い部下の妻だが、いや、だからこそ妖しい禁断の興奮に包まれ、そろそろと舌を差し入れていった。

舌先で滑らかな歯並びを舐めると、彼女もすぐに歯を開いて受け入れた。美人妻の口腔《こうこう》は、さらに濃い果実臭が馥郁と籠もり、ネットリと舌がからみついてきた。

その間も、指先でうなじと肩の刺激を続けると、

「ンンッ……！」

雅恵が熱く鼻を鳴らし、反射的にチュッと強く彼の舌に吸い付いてきた。

陽介は熱い息を混じらせながら、美人妻の生温かくトロリとした唾液と、滑らかに蠢く舌の感触を味わった。

そして、そろそろと肩から手を乳房に伸ばし、柔らかな膨らみを優しく揉みしだきはじめた。

「はっ……！」

すると雅恵が驚いたように息を呑んで唇を離し、再び陽介の手にきつく自分の手を重ねてきた。

「な、なぜ野上さんが……」

「済みません。雅恵さんがあまりに美しいので、つい……」

咎《とが》められたと思い、陽介は手を離そうとしたが、雅恵は彼の手を押さえて胸から離させなかった。

「いいえ……、なぜ野上さんがすると、こんなに感じるのだろうと思って。もっと続けてください……」

雅恵が言い、熱っぽい眼差しで彼を見上げてきた。

その言葉と表情で、陽介はもう止めようがなく高まってしまった。

寝室は使えないが、こうしてリビングのソファでするのも興奮するだろう。

陽介は、彼女と並んで座った。

雅恵は、彼以上に酔ったようにグンニャリとしなだれかかり、横からピッタリと身を寄せてきた。

陽介も顔を寄せ、白いうなじから鎖骨にかけて唇を押し当て、さっき出来なかった舌の愛撫を行なった。

「ああ……、いい気持ち……」

雅恵が、寝室に聞かれないよう声を潜めて喘ぎ、それがまた何とも艶めかしかった。

髪と吐息の匂いに混じり、熟れ肌の甘ったるい匂いもユラユラと彼の鼻腔を刺激してきた。

陽介はあらためて乳房を揉み、焦らしながらたまに乳首の辺りを指で刺激しては、肩の窪みのツボをチロチロと舐めた。

「アア……、待って……」

雅恵が喘ぎながら懸命に身を離し、もどかしげに脱ぎはじめた。

内に籠もっていた熱気が悩ましい体臭を含んで解放され、激しく興奮した陽介はシャツとズボンを脱いでしまった。

たちまち雅恵が白く引き締まった熟れ肌を露にし、ソファに横たわった。

張りのある乳房は実に形良く息づき、乳首も乳輪も、意外なほど初々しい桜色をしていた。

股間の茂みはふんわりと柔らかそうで、恥ずかしげに楚々と煙《けぶ》っている。恐らく、奥の谷間はすっかり熱い愛液が溢れていることだろう。

陽介は胸を高鳴らせながら、そっと迫っていった。まだ隣室の大鼾は、途切れることなく続いていた。

「立《た》ち身《み》の後《うし》ろ抱《かか》え攻《こう》」を使う

《立ち身にて両《りょう》の手を突いた女を、後ろから攻《せ》めたる後《あと》は、両の脚《あし》を更《さら》に開かせ、腕を摑《つか》みて女の上体《じょうたい》を起こすべし。挿《さ》したる玉茎《たまぐき》の角度が変わり、膣《ちつ》壁《へき》の腹側に在《あ》る秘所《ひしょ》を浅く擦《す》ること叶《かな》い、女、美快《こころよい》こと甚《はなは》だし。その後《のち》、女の腕を放しながら両の手にて上体を抱え込み、乳首《ちくび》や陰核《いんかく》を撫《な》で摩《さす》ることを併《あわ》せながら、小刻《こきざ》みに突くべし。強い快楽《かいらく》のあまり、女は力が抜け、立つことと次第に困難になる程《ほど》なり》
——『性愛之術《せいあいのじゅつ》』（明治初期）より

「ああ……、いい気持ち……」

ソファに横たえて乳房を揉むと、雅恵が激しく顔をのけぞらせて喘いだ。

陽介は、彼女の声を気にしながらも愛撫を続け、そっと屈み込んで、色づいた乳首に吸い付いてしまった。

膨らみは実に張りがあり、顔中を押しつけると心地良い弾力が感じられた。さらに甘ったるい汗の匂いも馥郁と漂い、陽介は左右の乳首を交互に含んで吸い、充分に舌で転がした。

さらに腋の下に顔を埋め込み、濃厚なフェロモンを吸収し、脇腹から舌で這い下りていった。

肌は実に滑らかで、脚もスラリと長かった。陽介は腹から腰、太腿まで舐めながら、徐々に彼女の股を開かせていった。

「アア……」

明るいリビングで恥ずかしいのだろう、雅恵は喘ぎながら両手で顔を覆った。

陽介は彼女の股間に陣取り、ムッチリとした白い内腿を舐め上げながら、中心部に顔を寄せていった。

恥毛は薄い方で、ふんわりと恥ずかしげに煙っていた。ワレメからはみ出す花びらは興奮に色づき、内から溢れる蜜にヌメヌメと彩られていた。

股間には熱気と湿り気が籠もり、そっと指を当てて陰唇を広げると、

「あう……」

顔を覆ったまま、敏感な部分に触れられた雅恵が呻いた。

膣口は、細かな襞が花弁状に入り組んで息づき、真珠色のクリトリスも愛撫を待つようにツンと突き立っていた。

彼は顔を埋め込み、柔らかな茂みに鼻をこすりつけた。

生ぬるく甘ったるい汗の匂いに、ほんのり残尿臭の刺激も混じり、実に悩ましい芳香が彼の鼻腔を掻き回してきた。

舌を這い回らせると、淡い酸味の愛液が動きを滑らかにさせ、さらにヌメリが増してきた。

「く……！」

雅恵は懸命に奥歯を噛みしめ、隣室の夫に聞かれないよう喘ぎ声を抑えながら、クネクネと腰をよじって反応した。

それでも舐めているうち、指の愛撫まで併用すると、いよいよ彼女は声を抑えきれなくなってきた。

しかも彼女は絶頂を恐れるように、脚を閉じて彼の顔を追い出してしまった。

陽介もいったん身を起こし、力の抜けかかった彼女の鼻先に、激しく勃起したペニスを突きつけていった。

「ンン……」

雅恵はすぐにしゃぶり付き、熱く鼻を鳴らして亀頭に吸い付いてくれた。

「ああ……」

陽介は快感を高めて喘ぎ、さらに根元まで押し込み、美女の温かく濡れた口の中でヒクヒクと幹を震わせた。

雅恵も喉の奥までモグモグと呑み込み、幹を丸く締め付け、熱い鼻息で恥毛をそよがせながら、執拗にクチュクチュと舌をからめてきた。

たちまち陽介自身は美女の清らかな唾液にまみれ、絶頂を迫らせて震えた。

やがて暴発してしまう前に引き抜き、陽介は雅恵の身体を引き起こした。

彼女は挿入を求めているようだし、陽介も、もう後戻りできない興奮に包まれてしまっている。

ベッドはないが、テーブルでというわけにいかないし、やはりこのソファを使うしかないだろう。

そこで陽介は、彼女を支えながら立たせ、前屈みにさせてソファの背もたれに両手を突かせた。

スラリとした彼女は、後ろ姿も魅力的だし、まずは後ろから挿入してみたいと思ったのである。

雅恵も好奇心を持って言われるまま、彼の方に形良い尻を突き出してきた。

陽介は、バックから濡れたワレメに先端を押し当て、位置を定めてゆっくりと挿入していった。


「あう……！　いい……」

深々と貫かれると、雅恵が白い背中を反らせて呻き、根元まで入ったペニスをキュッときつく締め付けてきた。

陽介は股間に当たって弾む尻の丸みと柔らかな感触に酔いしれながら、しばし動かず心地良い温もりと締め付けを味わった。

動かなくても、雅恵の膣内は味わうようにモグモグと収縮し、実に艶めかしい肉襞の摩擦と蠢きが繰り返された。

そこで陽介は、『性愛之術』で読んで覚えた、「立《た》ち身《み》の後《うし》ろ抱《かか》え攻《こう》」を試してみることにした。

《立ち身にて両《りょう》の手を突いた女を、後ろから攻《せ》めたる後《あと》は、両の脚《あし》を更《さら》に開かせ、腕を摑《つか》みて女の上体を起こすべし》

彼は思い出しながら、尻を突き出している雅恵の両脚を徐々に開かせ、前屈みになっている彼女の腕を摑んで引っ張り、やや上体を反らせ気味にさせた。

《挿《さ》したる玉茎《たまぐき》の角度が変わり、膣壁《ちつへき》の腹側に在《あ》る秘所《ひしょ》を浅く擦《す》ること叶《かな》い、女、美快《よき》こと甚《はなは》だし》

なるほど、確かに先端の角度が微妙に変わり、内壁を擦りはじめた。

「アア……！」

たちまち効果が現れ、雅恵が熱く喘ぎはじめた。

陽介は、徐々に腰を突き動かし、緩急をつけて肉壺を突いた。

すると愛液の量も増し、熱く溢れる分が彼の陰囊を濡らし、彼女自身の内腿にも伝い流れはじめた。

《その後《のち》、女の腕を放しながら両の手にて上体を抱え込み、乳首《ちくび》や陰核《いんかく》を撫《な》で摩《さす》ることを併《あわ》せながら、小刻《こきざ》みに突くべし。強い快楽《かいらく》のあまり、女は力が抜け、立つこと次第に困難になる程《ほど》なり》

陽介は腕をゆるめて、彼女の背後から抱きすくめ、手を回して乳房を揉んだ。指の腹でコリコリと乳首を刺激し、もう片方の手は股間を探り、ヌメリを付けた指先でクリトリスを愛撫した。

「く……、ダメ、感じすぎるわ……」

雅恵はキュッキュッと彼自身を締め付けながら喘ぎ、自分も腰を遣って動きを合わせはじめた。

しかし大きな声が洩れそうになるたび、彼女は懸命に喘ぎを嚙み堪え、一層激しく悶えた。

陽介も、彼女が大きな声を上げて隣室の内村が起きては困るくせに、つい勢いをつけて腰を突き動かし、乳首やクリトリスへの愛撫を続けた。

肌のぶつかる音に混じり、律動に合わせてピチャクチャと淫らに湿った摩擦音も響いてきた。

やがて律動を繰り返すうち、雅恵はとても立っていられないほど膝をガクガクさせ、彼が背後から支えていないと、今にもクタクタと座り込みそうなほど快感にのめり込んでいった。

彼女は今にもいきそうになっているのだろうし、陽介も高まっているが、ここでいくと、肝腎《かんじん》なときに彼女が座り込んでしまうかも知れない。それでは彼女の表情を見られないから、どうにも味気ない。

そう思い、彼は充分に絶頂を迫らせ、秘術の効果を嚙み締めてから、いったん動きを止め、そっとペニスを引き抜いた。

「あう……」

雅恵が、支えを失ったようにグンニャリとなってしまった。

それを抱いて、再びソファに横たえ、陽介は彼女を大股開きにさせてのしかかり、あらためて挿入していった。

雅恵の片方の脚をソファの背もたれに載せた、変形の正常位である。

やはりこの方が、乳房や喘ぐ表情が見えるので、陽介は燃え上がった。

再び根元まで押し込んで股間を密着させると、

「ああーッ……！　き、気持ちいい……」

雅恵がビクッと顔をのけぞらせて喘ぎ、身を重ねた彼に激しく下から両手でしがみついてきた。

陽介は肌を密着させ、彼女の肩に腕を回して抱きすくめながら、また小刻みに腰を突き動かしはじめた。

「い、いきそう……！」

すでに何度か小さなオルガスムスの波を受け止めていたであろう雅恵が、声を上ずらせて言った。いよいよ本格的な、大きな波が近いのだろう。

肉体はすっかり熟れ、快感を求めているのに、長く夫との性交渉がなかったので、その分を取り戻そうとするかのように、雅恵は貪欲に快楽を貪っていた。

しかも、隣室に夫が寝ているという状況も、通常以上に彼女を高まらせているようだった。つい我を忘れて大きな声を出そうとしても、急に自らストップをかけるから、なおさら大きな快感が溜まり、それが沸《わ》き上がっているのだろう。

陽介は激しく動き、果てそうになると弱め、緩急をつけながら少しでも長く味わおうとしていたが、さすがに限界が近づいてきた。

最も注意しなければいけないのは、オルガスムスの快感の最中だけは無防備になり、互いに大きな喘ぎや、ソファの軋《きし》み音を立て、内村を起こしてしまう可能性があることだった。

それを気にしつつも、やがて陽介は動くうち、とうとう大きな絶頂の渦に巻き込まれてしまった。

「く……！」

突き上がる快感に息を詰めて呻き、彼はありったけの熱いザーメンをドクンドクンとほとばしらせ、股間をぶつけるように激しく動いてしまった。

「ヒッ……！　い、いく……！」

奥深くに熱い噴出を受け止めた途端、彼女もオルガスムスのスイッチが入ったように息を呑み、ガクンガクンと狂おしく腰を跳ね上げ、昇り詰めてしまった。

実に素晴らしい肉体だった。

陽介は美人妻の感触を味わいながら、心おきなく最後の一滴まで出し尽くし、徐々に動きを弱めていった。

「アア……」

雅恵は控えめに声を洩らしながらも、ヒクヒクと満足げに肌を痙攣させ、次第にグッタリと力を抜いていった。

まだ膣内は名残惜しげな収縮を繰り返し、刺激されたペニスが何度かピクンと内部で跳ね上がった。

「あう……」

なおも天井を擦られ、雅恵は駄目押しの快感の中で呻き、押さえつけるようにキュッと締め付けてきた。

陽介は完全に動きを止め、身を預けて温もりと収縮を味わい、美人妻のかぐわしい吐息を間近に嗅ぎながら、うっとりと快感の余韻に浸り込んでいった。

「野上さん……、すごすぎます……」

雅恵が、荒い呼吸とともに囁いた。

「こんなに感じたの、生まれて初めてです……」

「そう、良かったです」

目眩《めくるめ》く激情が過ぎ去っても、彼女が全く後悔していないようなので、陽介はほっとして答えた。

やがて呼吸を整えると、彼はノロノロと身を起こし、テーブルにあったティッシュの箱を引き寄せ、何枚か取り出して股間に当ててから、そっと股間を離した。

ソファや床を濡らさないよう注意深くワレメを拭いてやり、自分のペニスも手早く処理を終えた。

済んでしまうと、隣室に部下のいるリビングで裸でいるのが急に後ろめたくなり、陽介は急いで身繕《みづくろ》いをした。

それは彼女も同じ気持ちらしく、力の抜けた身体を懸命に起こし、下着とスウェットを身に着けた。

そして彼女は、さすがに女らしく、情事の痕跡がないか周囲を見回して髪を整え、処理したティッシュもリビングではなく、台所へ捨てに行ったのだった。

まさかシャワーを借りるわけにはいかないだろう。

帰り支度をしながら、ふと、陽介は耳を澄ませてドキリと硬直した。

さっきから聞こえていた隣室の、内村の鼾がピタリと治まっているではないか。

（まさか……）

彼はいつからか目を覚ましていたのではないだろうか、と思うと激しく胸が震えた。

陽介は、可愛がっている部下の妻を抱いてしまったことを後ろめたく思い、そそくさと雅恵に挨拶してマンションを出た。

それでも帰り道、また雅恵の肉体を味わいたいと思ってしまったのだった。


（つづく）

週刊現代二〇一一年六月二十五日号〜十一月二十六日号掲載

（この作品はフィクションですので、登場する人物、団体は実在するいかなる個人、団体とも関係ありません。）

|著者|睦月影郎　1956年神奈川県横須賀市生まれ。県立三崎高校卒業。23歳で官能作家デビュー。熟女もの少女ものにかかわらず、匂いのあるフェチックな作風を得意とする。著書は400冊を突破。近刊に『新・平成好色一代男　秘伝の書』『武家娘』『卍萌』『Gのカンバス』(以上、講談社文庫)、『欲情の文法』(星海社新書)、『鎌倉夫人』(徳間文庫)、『みだら天使』(竹書房ラブロマン文庫)、『僕と先生の個人授業』(二見文庫)、『かげろう淫花』(コスミック・時代文庫)、『熟れたはだ開帳』(祥伝社文庫)、『蘇芳の宴』(学研M文庫)、『みだら剣法』(大洋時代文庫)、『冬人夏虫』(廣済堂文庫)、『とろり半熟妻』(双葉文庫)などがある。

新《しん》・平成好色一代男《へいせいこうしょくいちだいおとこ》　元部下《もとぶか》のＯＬ

睦月影郎《むつきかげろう》

講談社文庫

定価はカバーに表示してあります

2012年3月15日第1刷発行

発行者——鈴木　哲
発行所——株式会社　講談社
東京都文京区音羽2-12-21　〒112-8001
電話　出版部　(03)　5395-3510
　　　販売部　(03)　5395-5817
　　　業務部　(03)　5395-3615

デザイン—菊地信義
本文データ制作—講談社デジタル製作部
印刷———豊国印刷株式会社
製本———株式会社千曲堂

Printed in Japan

ISBN978-4-06-277134-4

講談社文庫刊行の辞

二十一世紀の到来を目睫に望みながら、われわれはいま、人類史上かつて例を見ない巨大な転換期をむかえようとしている。

世界も、日本も、激動の予兆に対する期待とおののきを内に蔵して、未知の時代に歩み入ろうとしている。このときにあたり、創業の人野間清治の「ナショナル・エデュケイター」への志を現代に甦らせようと意図して、われわれはここに古今の文芸作品はいうまでもなく、ひろく人文・社会・自然の諸科学から東西の名著を網羅する、新しい綜合文庫の発刊を決意した。

激動の転換期はまた断絶の時代である。われわれは戦後二十五年間の出版文化のありかたへの深い反省をこめて、この断絶の時代にあえて人間的な持続を求めようとする。いたずらに浮薄な商業主義のあだ花を追い求めることなく、長期にわたって良書に生命をあたえようとつとめるところにしか、今後の出版文化の真の繁栄はあり得ないと信じるからである。

同時にわれわれはこの綜合文庫の刊行を通じて、人文・社会・自然の諸科学が、結局人間の学にほかならないことを立証しようと願っている。かつて知識とは、「汝自身を知る」ことにつきていた。現代社会の瑣末な情報の氾濫のなかから、力強い知識の源泉を掘り起し、技術文明のただなかに、生きた人間の姿を復活させること。それこそわれわれの切なる希求である。

われわれは権威に盲従せず、俗流に媚びることなく、渾然一体となって日本の「草の根」をかたちづくる若く新しい世代の人々に、心をこめてこの新しい綜合文庫をおくり届けたい。それは知識の泉であるとともに感受性のふるさとであり、もっとも有機的に組織され、社会に開かれた万人のための大学をめざしている。大方の支援と協力を衷心より切望してやまない。

一九七一年七月

野間省一

講談社文庫 最新刊

内田康夫　化生の海
北前航路がつなぐ殺された男をたどるルート。日本列島縦断、浅見光彦が大いなる謎に挑む！

森 博嗣　タカイ×タカイ〈CRUCIFIXION〉
死体は、地上十五メートルの高さに「展示」されていた。西之園萌絵の推理はいかに。

楡 周平　血戦〈ワンス・アポン・ア・タイム・イン・東京2〉
義父と娘婿、姉と妹。骨肉の争いはいよいよ衝撃の決着へ！ 前作『宿命』をしのぐ大傑作。

大沢在昌　新装版 走らなあかん、夜明けまで
企業秘密の新製品が、やくざに盗まれた！ 日本一不幸なサラリーマンが大阪を駆ける。

江上 剛　リベンジ・ホテル
ゆとり世代の大学生・花森心平。内定を得たのは、破綻寸前のホテル!? 〈文庫書下ろし〉

睦月影郎　新・平成好色一代男 元部下のOL
真面目男の単身赴任は甘美な冒険の日々だった。週刊現代連載の絶品連作官能10話を収録。

大山淳子　猫弁〈天才百瀬とやっかいな依頼人たち〉
TBS・講談社ドラマ原作大賞受賞作早くも文庫化。涙と笑いのハートフル・ミステリ誕生！

アダム徳永　スローセックスのすすめ
男性本位の未熟なセックスから、男女が幸福になれるセックスに。もうイクふりはしない。

楠木誠一郎　火除け地蔵〈立ち退き長屋顚末記〉
立ち退きに揺れる弥次郎兵衛長屋。残ったのは誰かを待ってる者ばかり。〈文庫書下ろし〉

中原まこと　笑うなら日曜の午後に
ゴルフトーナメント最終日、研修生時代を共に過ごした二人が因縁の対決。〈文庫書下ろし〉

深見 真　猟犬〈特殊犯捜査・呉内冴絵〉
鍛え上げられた身体の、クールな女刑事。バイオレンス、性倒錯、仮想現実が交錯する。

we are 宇宙兄弟！編　宇宙小説
人気漫画『宇宙兄弟』が小説になった！ 宇宙飛行士の夢は永遠だ！ 〈文庫オリジナル〉

講談社文庫 最新刊

赤川次郎 輪廻転生殺人事件
「たたりだ」と呻《うめ》き倒れた人望厚き老警部はかつて無実の人間を自殺に追い込んでいた。

宇江佐真理 富子すきすき
江戸の女は粋で健気。夫・吉良上野介を殺された、富子。妻から見た「松の廊下」事件。

伊集院静 お父やんとオジさん(上)(下)
祖国に引き揚げた妻の両親と弟の窮状を救うために戦場に乗り込んだお父やん。感動巨編。

井上靖 わが母の記
老いてゆく母の姿を愛惜をこめて綴る三部作。世界を感動で包んだ昭和日本の家族の物語。

姉小路祐 署長刑事《デカ》 時効廃止
時効廃止で動き出す新たな事件。人情派キャリアを描く、シリーズ第二弾。〈文庫書下ろし〉

神崎京介 天国と楽園
女性を知らずに19歳で事故死した弟が、お彼岸の3日間だけ生き返る!?〈文庫オリジナル〉

伊東潤 疾《はや》き雲のごとく
戦国黎明期を舞台に、北条早雲が照らし出す名だたる武将たちの光と影を描いた名篇集。

高任和夫 江戸幕府 最後の改革
経済危機に陥った巨大企業〝江戸幕府〟で懊悩する二人の奇才武士。著者初の歴史企業小説!

鏑木蓮 時限
物言わぬ首吊り死体が秘めた真相に迫る京都府警・片岡真子に迫るタイムリミットとは?

鈴木仁志 司法占領
TPP導入の次はアメリカによる司法占領か?現役弁護士による、瞠目のリーガルノベル。

はるな愛 素晴らしき、この人生
№1ニューハーフがテレビでは言えなかった、恋と性と家族の真実!衝撃の自伝!

三浦明博 感染広告
CMにひそむ、「悪魔の仕掛け」とは?コンセプトは、口コミによる「感染爆発」!

東直子 さようなら窓
眠れぬ夜、恋人が聞かせてくれたのは少し不思議なお話だった。心に残る12の連作短編集。

里見弴
荊棘の冠
解説＝伊藤玄二郎　年譜＝武藤康史
実際の事件を基に、美しき天才ピアニストの少女とその父に焦点をあて、「天才よりも大事なものがある」という考えを軸とし、人間の嫉妬や人生の機微を描いた作品。
さL4
978-4-06-290151-2

川村二郎
アレゴリーの織物
解説＝三島憲一　年譜＝著者
二〇世紀最大の批評家ベンヤミンと、彼のよき理解者アドルノ。今なお世界に影響を与え続ける思想家を、日本でいち早く受容した著者が敬愛を込めて論じた名著。
かG4
978-4-06-290154-3

吉行淳之介・編
酔っぱらい読本
解説＝徳島高義
古今東西、酒にまつわる日本の作家22人によるエッセイと詩を精選。飲んでから読むか？　読んでから飲むか？　綺羅星の如き作家群の名文章アンソロジー。
よA12
978-4-06-290153-6

講談社文庫　目録

森村誠一　レジャーランド殺人事件
森村誠一　殺意の逆流
森村誠一　情熱の断罪
森村誠一　残酷な視界
森村誠一　肉食の食客
森村誠一　死を描く影絵
森村誠一　エネミイ
森村誠一　深海の迷路
森村誠一　マーダー・リング
森村誠一　刺客の花道
森村誠一　殺意の造型
森村誠一　ラストファミリー
森村誠一　夢の原色
森村誠一　ファミリー
森村誠一　虹の刺客 〈小説 伊達騒動〉(上)(下)
森村誠一　雪煙
森村誠一　殺人倶楽部
森村誠一　ガラスの密室
森村誠一　作家の条件 〈文庫決定版〉
森村誠一　死者の配達人
森村誠一　名誉の条件
森村誠一　真説忠臣蔵
森瑤子　夜ごとの揺り籠、舟、あるいは戦場
守誠　3分単 〈1日3分・「簡単パズル」で覚える・英単語〉
毛利恒之　月光の夏
毛利恒之　地獄の虹
毛利恒之　虹の絆 〈ハワイ日系人 母の記録〉
森まゆみ　抱きしめる、東京 〈町とわたし〉
森田靖郎　東京チャイニーズ 〈裏歌舞伎町の流氓たち〉
森田靖郎　TOKYO犯罪公司《コンス》
森博嗣　すべてがFになる 〈THE PERFECT INSIDER〉
森博嗣　冷たい密室と博士たち 〈DOCTORS IN ISOLATED ROOM〉
森博嗣　笑わない数学者 〈MATHEMATICAL GOODBYE〉
森博嗣　詩的私的ジャック 〈JACK THE POETICAL PRIVATE〉
森博嗣　封印再度 〈WHO INSIDE〉
森博嗣　まどろみ消去 〈MISSING UNDER THE MISTLETOE〉
森博嗣　幻惑の死と使途 〈ILLUSION ACTS LIKE MAGIC〉
森博嗣　夏のレプリカ 〈REPLACEABLE SUMMER〉
森博嗣　今はもうない 〈SWITCH BACK〉
森博嗣　数奇にして模型 〈NUMERICAL MODELS〉
森博嗣　有限と微小のパン 〈THE PERFECT OUTSIDER〉
森博嗣　地球儀のスライス 〈A SLICE OF TERRESTRIAL GLOBE〉
森博嗣　黒猫の三角 〈Delta in the Darkness〉
森博嗣　人形式モナリザ 〈Shape of Things Human〉
森博嗣　月は幽咽のデバイス 〈The Sound Walks When the Moon Talks〉
森博嗣　夢・出逢い・魔性 〈You May Die in My Show〉
森博嗣　魔剣天翔 〈Cockpit on knife Edge〉
森博嗣　今夜はパラシュート博物館へ 〈THE LAST DIVE TO PARACHUTE MUSEUM〉
森博嗣　恋恋蓮歩の演習 〈A Sea of Deceits〉
森博嗣　六人の超音波科学者 〈Six Supersonic Scientists〉
森博嗣　捩れ屋敷の利鈍 〈The Riddle in Torsional Nest〉
森博嗣　朽ちる散る落ちる 〈Rot off and Drop away〉
森博嗣　赤緑黒白 〈Red Green Black and White〉
森博嗣　虚空の逆マトリクス 〈INVERSE OF VOID MATRIX〉
森博嗣　φ《ファイ》は壊れたね 〈PATH CONNECTED φ BROKE〉
森博嗣　θ《シータ》は遊んでくれたよ 〈ANOTHER PLAYMATE θ〉
森博嗣　τ《タウ》になるまで待って 〈PLEASE STAY UNTIL τ〉

森　博嗣　ε《イプシロン》に誓って〈SWEARING ON SOLEMN ε〉
森　博嗣　λ《ラムダ》に歯がない〈λ HAS NO TEETH〉
森　博嗣　η《イータ》なのに夢のよう〈DREAMILY IN SPITE OF η〉
森　博嗣　イナイ×イナイ〈PEEKABOO〉
森　博嗣　キラレ×キラレ〈CUTTHROAT〉
森　博嗣　タカイ×タカイ〈CRUCIFIXION〉
森　博嗣　議論の余地しかない〈A Space under Discussion〉
森　博嗣　探偵伯爵と僕〈His name is Earl〉
森　博嗣　レタス・フライ〈Lettuce Fry〉
森　博嗣　君の夢　僕の思考〈You will dream while I think〉
森　博嗣　四季　春～冬
森　博嗣　森博嗣のミステリィ工作室
森　博嗣　アイソパラメトリック
森　博嗣　悠悠おもちゃライフ
森　博嗣　僕は秋子に借りがある I'm in Debt to Akiko〈森博嗣自選短編集〉
森　博嗣　どちらかが魔女 Which is the Witch?〈森博嗣シリーズ短編集〉
森　博嗣　的を射る言葉〈Gathering the Pointed Wits〉
森　博嗣　森博嗣の半熟セミナ　博士、質問があります！
森　博嗣　DOG&DOLL
森　博嗣　100人の森博嗣〈100 MORI Hiroshies〉
森　博嗣　銀河不動産の超越〈Transcendence of Ginga Estate Agency〉
森　博嗣　ささきすばる絵　悪戯王子と猫の物語
森　博嗣　土屋　賢二　人間は考えるFになる
森枝　卓士　私的メコン物語〈食から覗くアジア〉
森　浩美　推定恋愛
森　浩美　推定恋愛　two-years
諸田　玲子　鬼あざみ
諸田　玲子　笠《かさ》雲《ぐも》
諸田　玲子　からくり乱れ蝶
諸田　玲子　其《そ》の一《いち》日《にち》
諸田　玲子　天女湯おれん
諸田　玲子　末世炎上
諸田　玲子　昔《せき》日《じつ》より
諸田　玲子　日《にち》月《げつ》めぐる
森　福都　楽昌珠
森津　純子　家族が「がん」になったら〈誰も教えてくれなかった介護法と心のケア〉
桃谷　方子　百合祭
森　孝一　「ジョージ・ブッシュ」のアタマの中身〈アメリカ「超保守派」の世界観〉
本谷有希子　腑抜けども、悲しみの愛を見せろ
本谷有希子　江利子と絶対〈本谷有希子文学大全集〉
森下くるみ　すべては「裸になる」から始まって
茂木健一郎　「赤毛のアン」に学ぶ幸福《しあわせ》になる方法
茂木健一郎　セレンディピティの時代〈偶然の幸運に出会う方法〉
茂木健一郎　漱石に学ぶ心の平安を得る方法
茂木健一郎 with ダイアログ・イン・ザ・ダーク　まっくらな中での対話
山口　瞳／常盤　新平　編　新装版　諸君！この人生、大変なんだ
山田風太郎　婆沙羅
山田風太郎　甲賀忍法帖〈山田風太郎忍法帖①〉
山田風太郎　忍法忠臣蔵〈山田風太郎忍法帖②〉
山田風太郎　伊賀忍法帖〈山田風太郎忍法帖③〉
山田風太郎　忍法八犬伝〈山田風太郎忍法帖④〉
山田風太郎　くノ一忍法帖〈山田風太郎忍法帖⑤〉
山田風太郎　魔界転生(上)(下)〈山田風太郎忍法帖⑥⑦〉
山田風太郎　江戸忍法帖〈山田風太郎忍法帖⑧〉
山田風太郎　柳生忍法帖(上)(下)〈山田風太郎忍法帖⑨⑩〉
山田風太郎　風来忍法帖〈山田風太郎忍法帖⑪〉
山田風太郎　かげろう忍法帖〈山田風太郎忍法帖⑫〉

山田風太郎 野ざらし忍法帖〈山田風太郎忍法帖⑬〉
山田風太郎 忍法関ヶ原〈山田風太郎忍法帖⑭〉
山田風太郎 妖説太閤記(上)(下)
山田風太郎 新装版戦中派不戦日記
山田風太郎 奇想小説集
山村美紗 三十三間堂の矢殺人事件
山村美紗 ヘアデザイナー殺人事件
山村美紗 京都新婚旅行殺人事件
山村美紗 大阪国際空港殺人事件
山村美紗 小京都連続殺人事件
山村美紗 グルメ列車殺人事件
山村美紗 天の橋立殺人事件
山村美紗 愛の立待岬
山村美紗 花嫁は容疑者
山村美紗 十二秒の誤算
山村美紗 京都・沖縄殺人事件
山村美紗 京都三船祭り殺人事件
山村美紗 京都絵馬堂殺人事件〈名探偵キャサリン傑作集〉
山村美紗 京都不倫旅行殺人事件
山村美紗 京友禅の秘密
山村美紗 京都・十二単衣《じゅうにひとえ》殺人事件
山村美紗 燃えた花嫁
山村美紗 千利休・謎の殺人事件
山田正紀 長靴をはいた犬〈神性探偵・佐伯神一郎〉
山田詠美 ハーレムワールド
山田詠美 セイフティボックス
山田詠美 晩年の子供
山田詠美 熱血ポンちゃんが行く!
山田詠美 再び熱血ポンちゃんが行く!
山田詠美 誰がために熱血ポンちゃんは行く!
山田詠美 嵐ヶ熱血ポンちゃん!
山田詠美 路傍の熱血ポンちゃん!
山田詠美 熱血ポンちゃんは二度ベルを鳴らす
山田詠美 熱血ポンちゃんが来りて笛を吹く
山田詠美 日はまた熱血ポンちゃん
山田詠美 A《エイ》2《トウ》Z《ズィ》
山田詠美 ピーコ ファッション ファッショ
山田詠美 ピーコ ファッション ファッショ〈マインド編〉
柳家小三治 ま・く・ら
柳家小三治 もひとつ ま・く・ら
柳家小三治 バ・イ・ク
山口雅也 ミステリーズ《完全版》
山口雅也 垂里冴子のお見合いと推理
山口雅也 続・垂里冴子のお見合いと推理
山口雅也 マニアックス
山口雅也 13人目の探偵士
山口雅也 奇偶(上)(下)
山口雅也 PLAY プレイ
山口雅也 モンスターズ
山本ふみこ 元気がでるふだんのごはん
山本一力 深川黄表紙掛取り帖
山本一力 牡丹酒〈深川黄表紙掛取り帖(二)〉
山本一力 ワシントンハイツの旋風《かぜ》
山根基世 ことばで「私」を育てる
山崎光夫 東京検死官〈三千の変死体と語った男〉
椰月美智子 十二歳
椰月美智子 しずかな日々

講談社文庫　目録

八幡和郎　『篤姫』と島津・徳川の五百年 日本でいちばん長く成功した二つの家の物語
柳　広司　ザビエルの首
柳　広司　キング&クイーン
薬丸　岳　天使のナイフ
薬丸　岳　闇の底
薬丸　岳　虚夢
矢野龍王　極限推理コロシアム
山本　優　京都黄金池殺人事件
山下和美　天才柳沢教授の生活 ベスト盤〈The Blue Side〉〈The Red Side〉
山下和美　天才柳沢教授の生活 ベスト盤〈The Green Side〉〈The Orange Side〉
矢作俊彦　傷だらけの天使〈魔都に天使のハンマーを〉
山崎ナオコーラ　論理と感性は相反しない
山崎ナオコーラ　長い終わりが始まる
山田芳裕　へうげもの　一服
山田芳裕　へうげもの　二服
山田芳裕　へうげもの　三服
山田芳裕　へうげもの　四服
山田芳裕　へうげもの　五服
山田芳裕　へうげもの　六服
山田芳裕　へうげもの　七服
山田芳裕　へうげもの　八服
山本兼一　狂い咲き正宗〈刀剣商ちょうじ屋光三郎〉
矢口敦子　傷痕
柳　美里　家族シネマ
吉村　昭　赤い人
吉村　昭　新装版 日本医家伝
吉村　昭　私の好きな悪い癖
吉村　昭　吉村昭の平家物語
吉村　昭　暁の旅人
吉村　昭　新装版 白い航跡(上)(下)
吉村　昭　新装版 海も暮れきる
吉村　昭　新装版 間宮林蔵
吉田ルイ子　ハーレムの熱い日々
淀川長治　淀川長治映画塾
吉村達也　ランプの秘湯殺人事件
吉村達也　有馬温泉殺人事件
吉村達也　回転寿司殺人事件
吉村達也　黒白の十字架
吉村達也　〈完全リメイク版〉「会社を休みましょう」殺人事件
吉村達也　富士山殺人事件
吉村達也　蛇《じゃ》の湯《ゆ》温泉殺人事件
吉村達也　十津川温泉殺人事件
吉村達也　霧積温泉殺人事件
吉村達也　ダイヤモンド殺人事件
吉村達也　クリスタル殺人事件
吉村達也　大江戸温泉殺人事件
吉村達也　「初恋の湯」殺人事件
横田濱夫　〈12歳までに身につけたい〉お金の基礎教育
青木雄二 横田濱夫　ゼニで死ぬ奴 生きる奴
吉村葉子　お金がなくても平気なフランス人 お金があっても不安な日本人
吉村葉子　激しく家庭的なフランス人 愛し足りない日本人
吉村葉子　お金をかけずに食を楽しむフランス人 お金をかけても満足できない日本人
吉村葉子 宇田川悟　パリ20区物語
米山公啓　沈黙
米原万里　ロシアは今日も荒れ模様
横山秀夫　半落ち
横山秀夫　出口のない海

2012年3月15日現在